CHINESISCHE MÄRCHEN

Lizenzausgabe 1990 für
Manfred Pawlak Verlagsgesellschaft mbH,
Herrsching

Zusammenstellung: Josef Guter
Auswahl für diese Ausgabe: Verlagsservice Neuberger,
Schaumann
Umschlaggestaltung: Bine Cordes
Printed in Yugoslavia
ISBN 3-88199-713-X

CHINESISCHE MÄRCHEN

ALBATROS

Inhaltsverzeichnis

DAS ZAUBERBOOT
Seite 9

DAS APRIKOSENMÄDCHEN
Seite 35

DER SPIEGEL
Seite 46

DER GUTE RÄUBER
Seite 49

GOLDSTUTE
Seite 54

DIE GARNELE UND DER REGENWURM
Seite 70

DAS RIESENZUCKERMÄNNCHEN
Seite 73

DIE UNVORSICHTIGEN AFFEN
Seite 82

DER KLUGE DIEB
Seite 86

DIE GUTEN RATSCHLÄGE
Seite 92

DIE GÖTTIN DER BARMHERZIGKEIT
Seite 95

WIE DER FUCHS EINMAL HEREINFIEL
Seite 104

DER KUHHIRTE
UND DAS WEBERMÄDCHEN
Seite 111

DER WUNDERBARE BIRNBAUM
Seite 120

DER FROSCH, DER KAISER WURDE
Seite 128

DER HABGIERIGE KANZLER
Seite 142

DER ÜBERFÜHRTE BOOTSMANN
Seite 147

DER KOCHTOPF
DES REICHEN MANNES
Seite 151

GENERAL LI
Seite 155

DIE ZAUBERSTANGE
Seite 160

DIE SCHWESTERN IN DER SONNE
Seite 168

DAS LETZTE WORT
Seite 174

EIN KRUG VOLLER AMEISEN
Seite 184

FLEDERMAUS, RABE UND ELSTER
Seite 189

DAS GESCHENK
DES DRACHENKÖNIGS
Seite 195

DIE BRÄUTE IM SPIEGEL
Seite 219

DIE FRAU IN DER FLASCHE
Seite 249

Das Zauberboot

Es war einmal ein junger Holzfäller, der hieß Wang. Er war ein guter junger Mann, der hart zu arbeiten hatte, um sich und seine alte Mutter mit Holzfällen durchzubringen.

Eines Tages hatte er sich in den waldreichen Hügeln eine tüchtige Ladung dürrer Zweige auf den Rücken gepackt und wanderte nun heimwärts, der kleinen strohgedeckten Hütte zu. Auf diesem Wege kam er dann an eine schmale Holzbrücke, unter der ein reißender Fluß dahinbrauste. Wie er zu der Brücke kam, sah er einen alten Mann vorsichtig am Geländer der Brücke entlangschreiten.

Es war ein windiger Tag. Der alte Mann hielt sich wohl nicht genügend am Geländer fest, denn Wang sah mit Entsetzen, wie ein starker Windstoß den Alten herumwirbelte und in den tosenden Fluß riß. Ohne große

Überlegung warf Wang sein Holzbündel auf den Boden und stürzte sich ins Wasser. Mit lauten Hilferufen versuchte der Alte, das rettende Ufer zu erreichen, aber er hatte nicht Kraft genug. Er drohte unterzugehen. Wang zog den zitternden Alten aus dem Wasser, fragte ihn nach seiner Behausung und trug den Alten schnurstracks nach Hause.

Der alte Mann bedankte sich mit Tränen in den Augen, zog ein kleines Holzkästchen unter seinem Bett hervor, machte den Deckel auf und zeigte auf ein kleines Boot aus Papier, das in dem Kästchen lag.

»Du bist mein Lebensretter!« sagte der Alte. »Ich will Dir etwas mitgeben, was vielleicht Dir auch einmal das Leben retten kann.«

Mit diesen Worten nahm der Alte das Papierboot aus dem Kästchen und sagte zu Wang:

»Nach sechs Monaten kommt ein großes Hochwasser über uns. Alle unsere Dörfer werden überschwemmt werden. Dann setze das Papierboot ins Wasser und sprich die Worte:

Mast hoch geschwind,
In die Segel den Wind.

Das Boot wird dann so groß, daß Du mit Deiner ganzen Familie dich hineinsetzen kannst und dem Unheil entkommst. Fällt aber das Wasser, dann sprich die Worte:

Das Wasser strömt weg,
Erfüllt ist der Zweck.

Das Boot wird dann wieder ganz klein, wird wieder zu Papier und Du kannst es wieder in das Kästchen legen.«

Mit diesen Worten händigte der Alte Wang das Kästchen aus und schärfte ihm noch ein: »Kommen Tiere zu Dir im Wasser, so kannst Du sie ins Boot holen und retten. Ruft Dich aber ein Mensch, so fahre weiter und kümmere Dich nicht um ihn, denn dieser eine wird Dir sonst Unheil bringen. Denke aber immer daran, dies ist kein Kinderspielzeug, es ist ein Zauberboot. Du wirst es noch gut gebrauchen können.«

Wang bedankte sich, verabschiedete sich von dem Alten, kehrte zu der Brücke zurück, lud das Bündel Holz auf seinen Rücken und kehrte spät abends zu seiner Mutter in die kleine Holzhütte zurück.

Lange betrachteten sie das kleine Papierschiffchen in dem Kästchen, konnten sich aber keinen Reim darauf machen und legten es schließlich weg. Nach sechs Monaten, als es tüchtig zu regnen begann und die Himmelstore wie Schleusen sich alsbald öffneten, die Flüsse anschwollen und die Ströme über die Ufer traten, da erinnerten sich die alte Frau und ihr Sohn an das kleine Papierschiffchen. Wang nahm es aus dem Kästchen, faltete es auf, setzte es in das Wasser, das schon bis vor ihre Türschwelle gekommen war und sprach die Worte:

Mast hoch geschwind,
In die Segel den Wind.

Und siehe, das Boot streckte sich, das Boot wuchs, ein Mast stieg empor, Segel schwollen, der Wind pfiff darein und ein großes, schönes, breites, behäbiges Boot stand vor der Haustür bereit, die beiden aufzunehmen.

Wang schnürte die paar Habseligkeiten zusammen, die seine Mutter und er besaßen; sie schauten sich noch einmal in ihrem Hause um und traten über die Schwelle unmittelbar in das Boot. Dort war es geräumiger als sie je gedacht hatten. Von überallher strömten die Wasser zusammen. Bald schlugen sie bis an die Fenster der Häuser in ihrem Dorfe hoch. Bald versanken die Ställe und Scheunen im Wasser. Wang aber und seine Mutter schwammen lustig und trocken auf den Wogen des Unwassers davon. Als sie sahen, daß auch ihre kleine Hütte von den Wassermassen davongespült wurde, richteten sie ihren Blick nach vorn und trieben nunmehr auf der weiten Wasserfläche in ihnen bisher ganz unbekannten Gegenden.

Plötzlich sahen sie, wie eine große Schlange im Wasser dahinschlängelte. Die Kräfte schienen sie zu verlassen, und sie versuchte, in die Nähe des Bootes zu kommen. Wang griff ins Wasser und holte die Schlange ins Boot. Da schien sich die Schlange zu verbeugen und ihren Dank zu hauchen, denn sie richtete sich auf, machte eine Art Kotau vor Wang, öffnete ihr Maul und hauchte dreimal vor sich hin.

Bald erblickte Wang ein kleines Ameisenvolk im Wasser, das sich zwar eng zusammenhielt, aber sein nahes Ende nicht verhindern konnte, denn die armen Tierchen zappelten schon hilflos im Wasser. Wang griff hinein, holte die Ameisen mit seiner Hand aus dem Wasser und setzte sie auf dem trokkenen Boden des Bootes aus. Da schienen die Ameisen zu nicken und auf diese Weise ihren Dank zu bezeugen.

Als das Boot weitertrieb, sahen die Mutter und Wang einen Bienenschwarm, der sich auf einem kleinen Ast im Wasser gerade noch vor dem Untergehen bewahren konnte. Wang griff nach dem Ast und holte damit den ganzen Bienenschwarm ins Boot. Die Königin krabbelte aus dem Schwarm hervor und schien sich vor Wang ebenfalls zu verneigen. Bald kam wieder Wind auf, der die Wasserwogen peitschte. Gischt spritzte über das Boot und Wang hörte einen gellenden Hilferuf.

Als er sich genauer umsah, erkannte er einen jungen Mann, der schon ziemlich hilflos auf das Boot zuschwamm. Wang schlug die Mahnung des Alten in den Wind und rettete den jungen Mann ins Boot. Dieser schüttelte sich und siehe, wer war es? Es war Tschang aus dem Nachbardorf, der Sohn eines reichen Mannes, der aber nicht gerade durch Hilfsbereitschaft und Güte bekannt war. Der junge Mann bedankte sich überschwenglich bei Wang und war froh, in dem trockenen Boot sitzen zu können.

Mehrere Tage fuhren die drei durch die großen Wasser. Aber als sie ihre letzten Bissen verzehrt hatten, hörte auch der Regen auf. Die Sonne schien wieder, das Unwetter hatte ein Ende.

Wang steuerte auf einen bewaldeten Hügel zu und machte schließlich das Boot an einem großen und starken Baum fest.

Nach wenigen Tagen fiel auch das Wasser. Die drei stiegen aus dem Boot, ließen die Tiere frei, holten Holz, machten Feuer und kochten sich zum ersten Mal wieder ein kräftiges Essen. Nun konnte auch Wang erkennen, wo sie gelandet waren. Es waren jene

Waldhügel, in denen er selbst oftmals Holz geschlagen hatte.

Sie beschlossen, sobald wie möglich nach Hause zurückzukehren und ihre Häuser wieder aufzubauen.

»Und was machen wir mit dem Boot?« fragte Tschang.

Da schaute ihn Wang bedeutungsvoll an und sagte: »Das Boot, das nehmen wir mit nach Hause.«

»Und wie willst du das anfangen? Wie können wir dieses große Boot ohne Wasser nach Hause bringen?«

Darauf blickte Wang zum Himmel und sprach die Worte:

Das Wasser strömt weg,
Erfüllt ist der Zweck.

Und in diesem Augenblick fiel der Mast in sich zusammen, rollten sich die Segel ein, und nach wenigen Augenblicken lag ein kleines Papierboot vor den Füßen von Wang und Tschang.

»Ein Wunder, ein Wunder!« rief erregt Tschang.

»Ja, ein kleines Wunder«, sagte Wang und erzählte ihm arglos und ganz genau die Geschichte mit dem Alten, den er damals bei der Brücke aus dem reißenden Fluß gerettet hatte.

»Wer weiß, wie lange es jetzt dauert, bis wieder ein Unwetter kommt«, sagte Tschang, »vielleicht haben wir nie mehr in unserm ganzen Leben soviel Wasser, um mit einem Boot davonzufahren. Es wäre das Beste, dieses Zauberboot dem Kaiser zum Geschenk zu machen. Dort wird sicherlich dann eine reiche Belohnung auf den warten, der ein solches Wunderding überbringt.«

»Wie soll ich armer Holzfäller vor den Kaiser treten? Ich habe ja nicht einmal mehr Schuhe an den Füßen.«

»Das laß nur meine Sorge sein«, sagte Tschang und versprach, das Boot in Wangs Namen zum Kaiser zu bringen und die Belohnung mit den beiden zu teilen.

Der Kaiser staunte nicht schlecht über dieses Wunderboot. Immer wieder ließ er es in einem kleinen Teich beim Palast zu Wasser und sprach die Worte:

Mast hoch geschwind,
In die Segel den Wind.

Und dann wiederholte er, freudig erregt wie ein Kind, immer wieder die Formel:

Das Wasser strömt weg,
Erfüllt ist der Zweck.

Tschang ließ er reichlich mit Gold- und Silberstücken belohnen, machte ihn zu einem hohen Beamten, kaufte ihm ein großes, palastähnliches Haus und verheiratete ihn mit einer schönen Hofdame.

Von Wang und seiner Mutter aber hatte Tschang dem Kaiser kein Wörtchen erzählt. Ja, er hatte vor, nie mehr nach Hause zurückzukehren und die hohe Belohnung völlig allein zu genießen. Bei dem Gedanken aber, Wang könnte einmal in die Hauptstadt kommen, schauderte ihn jedoch.

Aber er dachte, mit Hilfe einiger Eunuchen, seiner neuen Freunde, würde er sich schon aus der Schlinge ziehen.

Wang und seine Mutter warteten lange in dem kleinen Holzhäuschen. Woche um Woche verging. Bald waren drei Monate verstrichen, Tschang kehrte immer noch nicht zurück. Da überredete Wang seine Mutter, ihn aufbrechen zu lassen, damit er in der Hauptstadt nach Tschang Nachforschungen anstellen könnte. Schweren Herzens ließ die Mutter ihn ziehen. Auf dem Weg dorthin litt Wang große Not. Er mußte betteln, kam aber schließlich eines Abends wohlbehalten in der Hauptstadt an.

Bei einem Gasthaus am Stadtrand kam er mit dem Wirt ins Gespräch und erzählte ihm die ganze Geschichte, wie sie sich zugetragen hatte.

»Ha«, lachte der Wirt, »den vornehmen Tschang, den kenne ich genau. Der kommt jeden Vormittag in seiner Sänfte vorbei. Vier Soldaten gehen vor und vier hinter ihm. Er selbst aber läßt sich in der Sänfte tragen.«

Wang zog sein letztes Geldstück aus der Tasche, quartierte sich in dem Gasthaus ein und wartete voller Freude auf den nächsten Tag, an dem er nun endlich mit Tschang zusammentreffen konnte.

Glücklich und erleichtert ging er zu Bett,

denn es war ja nun offensichtlich, Tschang war damals gut angekommen und hatte vom Kaiser die hohe Belohnung erhalten.

Wang stand früh auf und wartete voller Erregung auf die Sänfte und die Soldaten. Und bald hörte er auch schon von Ferne Gong und Trommeln und sah, wie eine Sänfte von kräftigen Männern herangetragen wurde. Vor der Sänfte schritten vier Soldaten mit langen Schwertern und hinter der Sänfte nochmals vier Soldaten.

Erfreut sprang Wang auf die Straße, lief vor den Zug und schrie erregt: »Bruder Tschang, Bruder Tschang! Ich bin hier, Wang!«

Tschang hatte mit Entsetzen gesehen, welcher Besucher ihn da zu sprechen wünschte. Wenn Wang nun die ganze Geschichte vor den Kaiser bringt, so dachte er, ist es aus mit der schönen Beamtenstelle und mit dem herrlichen Leben hier.

Schnell gab er daher den Soldaten den Befehl, den Landstreicher, wie er sagte, davonzujagen und ihn tüchtig mit den Knüppeln durchzuwalken. Die Soldaten gingen auf den armen Wang los, droschen auf ihn ein und schlugen ihn halb tot.

Die Sänfte rauschte davon, und Wang blieb zerschlagen und blutend am Wegrand liegen. Er konnte sich nicht mehr erheben. Er blutete aus mehreren Wunden am Kopf und an den Beinen, auch seine Hände und Arme waren zerschlagen. Er dachte schon, sein letztes Stündlein sei gekommen, als neben ihm eine Schlange sich züngelnd aus dem Gras erhob. Es war die Schlange, die er einstens aus dem Wasser gerettet und die ihm in einiger Entfernung nachgekrochen war, als ob sie hätte ahnen können, daß sie bald gebraucht würde.

Die Schlange kroch zu dem liegenden Wang hin und leckte seine Wunden mit ihrem hauchzarten Zünglein. Er fühlte nur, wie ein kleines Kitzeln an Händen und Beinen und im Gesicht ihn neu belebte.

Die Schlange verschwand, kam aber bald mit einem Büschel Pflanzen in ihrem Maul zurück. Mit diesen Pflanzen berührte sie nochmals alle Wunden Wangs, die sich daraufhin sofort schlossen.

Wang fühlte neue Kräfte, versuchte aufzustehen, und siehe, in dieser kurzen Zeit schien er völlig geheilt und wiederhergestellt zu sein. Die Schlange hob ihren Kopf und sprach mit dünner Stimme: »Nimm diese Pflanzen zu Dir, bewahre sie gut auf, eines Tages wirst Du sie gut brauchen können.«

Wang dankte der Schlange und brach sofort auf zum Palast.

Als er zu dem Tore kam, hatte sich eine große Menge Volks vor dem Palast versammelt, und ein Herold rief unter Trommelwirbel laut und deutlich aus:

»Des Kaisers Tochter ist plötzlich krank geworden. Wer sie heilen kann, der komme und helfe. Große Schätze warten auf den, der ihr Heilung bringt. Ja, wer sie wieder völlig gesund macht, erhält sie sogar zur Frau.«

Wang dachte sogleich an die heilkräftigen wunderbaren Pflanzen, die er von der Schlange bekommen hatte, und begehrte Einlaß in den Palast.

Er wurde zu der Kammer der Prinzessin geleitet, in der bereits der Kaiser auf einem breiten und reich geschnitzten Sessel Platz genommen hatte. Er wollte genau sehen, was Wang nun beginnen würde.

Wang zog die Wunderpflanzen aus der Tasche und gab sie mit einigen erklärenden Worten einer Zofe. Diese rieb damit die Prinzessin von Kopf bis Fuß ein, berührte damit ihre Wangen und ihre Lippen und ließ sie einige Minuten lang an der Pflanze riechen.

Und siehe, es kehrte das Leben in die Prinzessin zurück, sie hob den Kopf, schlug die Augen auf, versuchte aufzustehen, und nach wenigen Augenblicken stand sie gesund vor ihrem Vater, dem Kaiser.

Der Herrscher war hocherfreut und erstaunt und sagte zu Wang:

»Du bist nicht nur ein Arzt, du bist ein Wundertäter, Wang. Bleib bei mir in meinem Palast. Und wenn Du meine Tochter haben willst, so gebe ich sie Dir zur Frau.«

Wang war völlig verwirrt, aber er sagte nicht nein, und so ward die Hochzeit gerichtet.

Als Tschang erfuhr, was sich in der Kammer der Prinzessin zugetragen hatte, erschrak er bis zu den Zehen. Durch seinen

Freund, den Obereunuchen, ließ er sich sofort beim Kaiser melden.

»Diesen Burschen kenne ich«, sagte Tschang zum Sohn des Himmels, »es ist ein armer Holzfäller aus den Hügelwäldern, der sich in die Hauptstadt durchgebettelt hat. Er ist ein ziemlich ungebildeter Lümmel, und es will mir nicht in den Kopf, daß er Eure schöne Tochter zur Frau bekommen soll. Solche Pflanzen kann jeder finden. Ihr solltet Ihn noch einer strengen Prüfung unterziehen, bevor Ihr Eure Tochter endgültig an ihn verheiratet.«

Dem Kaiser gefiel dieser Rat, und er fragte Tschang, welche Prüfung dies denn sein könnte. Tschang war sofort mit einer Antwort zur Stelle und meinte: »Wenn er aus zwei Scheffeln Sesamkörnern zwei Scheffel Spreu heraussucht und dies in einer halben Stunde, dann ist er wirklich ein Wunderdoktor. Man muß nur Spreu und Sesam gut miteinander vermengen.«

Dem Kaiser gefiel dieser Rat sehr wohl und er ließ sofort Sesamkörner holen, einige Scheffel Spreu herbeischaffen und sie tüchtig durcheinandermischen. Dann ließ er Wang zu sich kommen und befahl ihm, in einer halben Stunde alle Sesamkörner sorgsam herauszusuchen und auf ein Tablett zu legen.

Dem armen Wang schwanden fast die Sinne. Hatte da etwa Tschang die Hände im Spiel? Er schloß die Augen und wußte nicht wo ein und wo aus. Da, plötzlich kroch eine Ameise auf seinen Ärmel, und er vernahm eine leise flüsternde Stimme, die da sagte: »Du hast mich einst aus dem Wasser gerettet. Ich weiß, was man von Dir jetzt verlangt. Es warten mit mir viele Ameisen, um endlich ihren Dank Dir bezeugen zu können. Bleib nur ruhig hier sitzen, in einer halben Stunde haben wir alle Sesamkörner auf dem Tablett zusammengebracht.«

Und siehe, es dauerte nicht einmal eine Viertelstunde, da konnte der überglückliche Wang bereits dem Kaiser das Tablett mit den Sesamkörnern überreichen. Zwischen der Spreu auf dem Boden lag kein einziges Sesamkörnchen mehr.

Nun aber staunte der Kaiser und wollte das Zeichen zum Beginn der Hochzeit geben.

Ein von Tschang bestochener Eunuche aber flüsterte dem Kaiser ins Ohr: »Das will ein Wunderdoktor sein, hat er denn schon die Hauptprobe bestanden? Aus einem langen Zug von Brautsänften müßte er mit verbundenen Augen die richtige Euch zeigen können, und aus dreiundfünfzig Kammermädchen müßte er die verkleidete Prinzessin erkennen können. Dann ist er ein Wunderdoktor und verdient Eure Tochter.«

Auch dieser Rat gefiel dem Kaiser nicht übel. Er ließ einen langen Zug schön geschmückter Sänften an Wang vorübertragen, aber nur in einer saß die Prinzessin. Wang wußte nicht ein noch aus.

Da setzte sich eine Biene auf sein Ohr und flüsterte ihm zu: »Sei unbesorgt, Du bist unser Retter und hast uns einstens aus dem Wasser gezogen. Wir sind gekommen, um Dir zu helfen. Wenn die Sänfte der Prinzessin an Dir vorbeikommt, so werden wir diese Sänfte umschwärmen, Du wirst uns hören und die richtige Sänfte auf diese Weise bezeichnen.«

Kaum hatte die Biene dies dem erstaunten

思凡

Wang ins Ohr geflüstert, flog sie auch schon davon. Der Zug der Sänften setzte sich in Bewegung. Eine nach der anderen zog langsam an Wang vorüber.

»Nun, welche ist es?« fragte der Kaiser und beobachtete forschend den neben ihm stehenden Wang, dem man die Augen verbunden hatte. Bei der dreiundzwanzigsten Sänfte hörte Wang viele Bienen summen, und er sagte: »Diese ist es!«

Der Kaiser war sprachlos und rief aus: »Und wenn Du jetzt aus dem Zug der Zofen auch noch meine Tochter herausfindest, dann sollst Du endgültig mein Schwiegersohn sein!«

Wang stand hilflos bei diesem Ansinnen vor seinem Kaiser.

Diesmal setzte sich eine Biene auf sein anderes Ohr und flüsterte ihm zu: »Sei unbesorgt, das Mädchen, das wir umschwärmen, das bezeichne mit gutem Gewissen als die Prinzessin. Wir kennen sie genau, denn sie allein duftet nach kostbaren Ölen und Salben.«

Und da setzte sich auch schon der Zug der

Zofen in Bewegung. Langsam und gemessen schritten die Mädchen an Wang vorbei. Alle waren angezogen wie Kammermädchen. Diesmal hatte man Wang die Binde von den Augen genommen, er konnte alle Mädchen sehen. Aber wie sollte er die Königstochter erkennen?

Bei der vierundzwanzigsten Kammerdienerin sah er, wie ein Schwarm von Bienen sie umschwärmte und sagte zu dem Kaiser. »Diese ist Deine Tochter!«

Der Kaiser stand wie angewurzelt und konnte nunmehr sein Versprechen nicht mehr hinausschieben und auch nicht mehr brechen. Er ließ sofort die Hochzeit richten und nahm Wang als seinen Schwiegersohn in dem Palast auf.

In der Hochzeitsnacht erzählte Wang seiner Frau, wie er in die Hauptstadt gekommen war, wie er von den Bütteln halb tot geschlagen wurde und wie undankbar Tschang an ihm gehandelt hatte.

Gleich am nächsten Morgen lief die empörte Prinzessin zu ihrem Vater und verlangte die strengste Bestrafung für den pflichtvergessenen und undankbaren Tschang.

Da lief die Majestät krebsrot an vor Zorn und ließ durch die Palastwache Tschang sofort verhaften und bald darauf hinrichten.

Die Mutter Wangs aber wurde in einem feierlichen Zug mit einer Sänfte aus ihrem Holzhäuschen abgeholt, eine schöne Wohnung wurde ihr im Palast eingerichtet, und Wang lebte mit seiner Frau, der Prinzessin, friedlich und in Freuden im Palast, und der alte Kaiser war glücklich darüber, einen so treuen, bescheidenen und guten Schwiegersohn bekommen zu haben.

Das Aprikosenmädchen

Vor langer, langer Zeit lag einmal an den Ufern des Westsees ein kleines Dörfchen mit Namen Aprikosenblüte. In diesem Dorf lebte ein hübsches Mädchen, das die Dorfbewohner einfach Aprikosenmädchen nannten. Es hütete die Wasserbüffel seines Vaters und ließ die guten Tiere in den Uferweiden ihr Futter suchen. Immer paßte es gut auf die Herde auf. Eines schönen Tages im frühen Sommer, als die Aprikosen gereift und die Bäume voller süßer Früchte und die Luft voller guter Düfte waren, fiel eine große Aprikose vom Baum vor das Aprikosenmädchen, die es im Grase auflas und essen wollte.

Da hörte es plötzlich eine Stimme sagen:

»Bitte, beiße mich nicht, esse mich nicht, laß mich gehen!«

Sie blickte um sich, sah aber niemanden. Erschrocken ließ sie die Aprikose fallen. Genau an jener Stelle, an der die Aprikose auf den Boden gefallen war, wuchs plötzlich eine wunderschöne Frau aus der Erde, angetan mit einem seidenen aprikosenfarbenen Gewand.

»Fürchte Dich nicht, ich bin die Aprikosengöttin«, sagte die Frau. Dann nahm sie eine goldene Haarnadel aus ihrem Haar und gab sie dem Aprikosenmädchen.

»Du bist ein gutes Mädchen, das hart arbeitet, ich möchte Dir diese goldene Haarnadel geben. Wenn Du jemals in Not kommst, dann klopfe mit dieser Haarnadel an irgendeinen Gegenstand und rufe dann die Aprikosengöttin dreimal, dann will ich kommen und Dir helfen.«

Und in einer Rauchwolke flog die Göttin in den Lüften davon, und siehe, eine große Aprikose erhob sich vom Grund und flog empor zu dem Baum, wo sie wiederum als schöne rötlichgoldene Frucht glänzte.

Das Aprikosenmädchen wuchs heran und heiratete schließlich den neunten Sohn der Sung-Familie. Diese Familie war aber so groß, daß sich bald da und dort allerlei Ärger zeigte. Weil Aprikosenmädchen den Eltern ihres Mannes am besten zur Hand ging und auch die hilfreichste von allen Schwiegertöchtern war, erregte sie bald in ihren Schwägerinnen brennende Eifersucht.

An einem schönen Sommertag wollte Aprikosenmädchen eine sehr gute Mahlzeit für die ganze Familie kochen. Als sie gerade den großen Reistopf vom Ofen holte und eine Schüssel Bohnenkäse auf die Herdplatte stellte, kam ihre älteste Schwägerin in die Küche hereingestürmt und bat sie, ihr beim Nähen zu helfen. Kurz danach kam ihre zweite Schwägerin in die Küche und bat sie um eine andere Gefälligkeit, so daß Aprikosenmädchen den Topf mit dem Bohnenkäse nicht rechtzeitig vom Feuer nehmen konnte und die ganze schöne Mahlzeit anbrannte. Aprikosenmädchen kam zu spät. In der Küche roch es nach angebranntem Essen. Die Schwägerinnen standen um den Herd herum und lachten einander zu. Sie warteten gespannt, was nun geschehen würde. Aber ohne ein Wort zu sagen, füllte Aprikosenmädchen Wasser in die beiden Töpfe nach,

rührte ein bißchen in ihnen herum und ging dann schweigend hinaus. Am Mittag halfen die kleinen Kinder der Schwägerinnen Aprikosenmädchen den Tisch decken. Ihre Mütter standen daneben mit erwartungsvollem Lächeln auf den Lippen. Sie dachten schon an die bösen Mienen und an die Schimpfworte der Männer, die nun ein angebranntes Essen vorfinden würden.

Aprikosenmädchen einmal schamrot oder gar weinend zu sehen, das war es, was sie sich nun ausrechneten.

Als alle am Tisch saßen, brachte Aprikosenmädchen die Speisen herein und sagte mit einem breiten Lächeln:

»Ich habe heute etwas Neues gekocht. Es ist ein heißer Tag. Zuerst bekommt Ihr gerösteten Reisschleim gegen den Durst und dann noch etwas Neues obendrein. Es ist die zweimal gekochte Bohnenkäsesuppe. Ich hoffe, daß Euch beide Speisen gut munden.«

Die Brüder und die Kinder fielen heißhungrig über den Reis und den Bohnenkäse her, und in wenigen Minuten war die ganze

Mahlzeit aufgegessen. Die Köchin wurde mit hohem Lob bedacht.

Seit dieser Zeit wagten die Schwägerinnen Aprikosenmädchen nichts mehr zu sagen. Sie gingen ihr nunmehr bei der Hausarbeit zur Hand, fragten sie um ihren Rat, hielten sich an ihre Entscheidungen und ließen sich von ihr nunmehr willig leiten.

Aprikosenmädchen stand dem Haushalt mit Sorgfalt und Mühe vor und in der ganzen Familie gab es keinen Ärger und keinen Streit mehr. Die Erwachsenen sorgten sich für die Kinder und umgekehrt gehorchten die Kinder ohne Widerworte den Älteren.

Aprikosenmädchen war aber auch gut zu ihren Nachbarn und daher bei ihnen sehr beliebt. Sie war immer zur Stelle, wenn es irgendwo etwas zu tun und zu helfen gab.

So hörte schließlich auch der Kaiser von dieser freundlichen und hilfsbereiten jungen Frau. Er beschloß, sie einer kleinen Prüfung zu unterziehen, und schickte einen hohen Beamten mit einer einzigen Mandel zum Hause der Familie Sung.

Als der Beamte die Stadt Hangtschou erreicht hatte, verlas er feierlich der ganzen Familie das Dekret des Kaisers. Es galt, die Mandel gleichmäßig auf alle Köpfe der Familie zu verteilen.

Jeder, außer Aprikosenmädchen, war sprachlos über diese Forderung.

Aprikosenmädchen aber sagte höflich: »Ich bedanke mich sehr, daß Ihr das Dekret des Himmelssohnes verlesen habt. Ich bitte Euch aber, ein kleines Weilchen in der Halle Platz zu nehmen und einige Minuten zu warten. Ich will einmal sehen, wie wir die Mandel gleichmäßig verteilen können.«

Aprikosenmädchen ging in den Innenhof und baute dort einen kleinen Ofen auf. Sie brachte einen Kessel Wasser zum Kochen und legte die Mandel mit einem Stück braunem Zucker darein. Nach kurzer Zeit schon brachte sie jedem Mitglied der Familie eine Tasse von diesem Mandelwasser. »Ich nenne es Mandeltee«, sagte sie zu dem königlichen Beamten. »Er ist gut für die Gesundheit, vor allem an heißen Tagen.«

Der Beamte berichtete seinem Kaiser: »Aprikosenmädchen ist nicht nur eine außergewöhnliche kluge und hilfswillige junge Frau, sondern sie ist darüber hinaus auch noch eine ausnehmende Schönheit.«

Dies beeindruckte den Kaiser, und er befahl seinem Beamten und dreitausend Wachsoldaten, Aprikosenmädchen in seinen Palast zu bringen, denn er wollte sie zu seiner Nebenfrau machen.

Als die Wachsoldaten das Haus der Sung erreicht hatten, verboten sie jedermann, hineinzugehen oder herauszukommen. Der Beamte eröffnete der Familie, daß Aprikosenmädchen sogleich mit ihnen zum kaiserlichen Palast zu gehen habe.

Frauen und Kinder waren entsetzt und weinten. Die Frauen versuchten, Aprikosenmädchen vor den Soldaten zu schützen und formten einen Ring von Menschen rings um sie. Die Männer hielten dem königlichen Beamten vor, es sei ihre wichtigste Stütze im Haushalt und der Kaiser könne sie doch dieser Hilfe nicht berauben wollen.

Aber Aprikosenmädchen sagte mit sanfter Stimme zu dem Beamten: »Bitte wartet ein paar Minuten. Ich will meine Kleider wechseln. In solch einem schäbigen Aufzug kann ich nicht vor meinen Herrscher treten.«

In ihrem Zimmer nahm Aprikosenmädchen jedoch die goldene Haarnadel aus ihrem Haar, klopfte damit einige Male auf die Tischkante und rief dreimal die Aprikosengöttin.

Als die Göttin erschien, sagte Aprikosenmädchen: »Die Frage, vor der ich stehe, berührt meine ganze Familie. Der König hat seine Wachen gesandt, die mich zu ihm bringen sollen, denn ich soll seine Nebenfrau werden. Was kann ich in dieser Lage nun tun?«

Die Aprikosengöttin war sehr ärgerlich, als sie dies hörte: Sie sagte: »Der sicherste Platz für Dich ist tief unter dem Wasser auf dem Boden des Westsees. Ich kann Deine ganze Familie dorthin bringen, und zur gleichen Zeit die gesamte königliche Gesandtschaft hinwegfegen.«

Die Göttin warf die Arme in die Luft und bewegte ihre weiten Ärmel hin und her und erzeugte damit nicht nur einen starken Luftzug, sondern ganze Wirbel in der Luft. Wenig später schwollen diese Wirbel zu einem brausenden Taifun an und fegten den Beamten mit allen seinen Wachen durch die Luft in die östliche See. Zur selben Zeit wurde auf wundervolle Weise die Sung-Familie mit allen ihren Besitztümern auf den Boden des Westsees getragen.

Nachdem der Taifun vorübergezogen war, kamen die Nachbarn zusammen und sahen nur noch, daß auf dem Platz, auf dem einst das Haus der Sung gestanden hatte, nun flaches, weites Land sich ausdehnte. Sie trauerten alle über das Los dieser Familie.

Lange Zeit später verlor einmal ein Bauer seinen hölzernen Pflug auf dem Felde. Er konnte ihn nirgendwo finden und wußte nicht, wo er hingekommen war.

»Ich wünschte, Aprikosenmädchen könnte hier sein. Sie würde mir helfen. Sie würde meinen Pflug schon finden.«

Was war das? Plötzlich tauchte auf der Mitte des Westsees ein hölzerner Pflug auf, glitt mit großer Geschwindigkeit über die schimmernde Wasserfläche, hielt geradewegs auf den Bauern zu und verfing sich im

Schilf am Ufer. Mit Hilfe einiger Nachbarn zog der Bauer den Pflug aus dem Wasser, spannte seine Wasserbüffel davor und pflügte damit sein Reisfeld besser als je zuvor.

Seit dieser Zeit schauen die Leute im frühen Sommer, wenn die Aprikosen reifen, auf den See hinaus und wenn sie Hilfe brauchen, rufen sie bis zum heutigen Tage das Aprikosenmädchen vom Boden des Sees.

Und vielen hat seither Aprikosenmädchen schon geholfen.

Der Spiegel

In alten Zeiten kannte man zwar den Kamm, aber noch nicht überall den Spiegel. Eines Tages sagte eine Bauersfrau zu ihrem Mann: »Wenn Du in die Stadt kommst, bring mir doch einen hölzernen Kamm mit, einen schönen und großen, und vergiß es nicht!« Sie fürchtete aber, ihr Mann würde es doch vergessen und zeigte daher aus dem Fenster auf die Sichel des zunehmenden Mondes und sagte: »Kauf mir einen hölzernen Kamm, aber er muß sein so wie der Mond da oben am Himmel.«

Nach einigen Tagen, als der Mond voll und schön und rund vom Himmel schien, ging der Bauer zum Markt und erinnerte sich an die Worte seiner Frau. Er wußte noch, er sollte etwas für ihre Schönheit kaufen. Aber er wußte nicht mehr was. Da erinnerte er sich an den Mond und kaufte einen schönen, großen Spiegel, so rund und so schön wie der

Vollmond, und brachte ihn sogleich glücklich nach Hause. Als die Frau den Spiegel auswickelte und sich nun gespiegelt sah, erschrak sie gewaltig, floh aus dem Haus, rannte zu ihrer Mutter und sagte zu ihr: »Denk Dir nur, mein Mann hat sich eine Nebenfrau genommen!«

Die Schwiegermutter des Bauern sah nun selbst in den Spiegel und sagte mit einem großen Seufzer:

»Wenn er wenigstens ein junges, hübsches Ding genommen hätte, aber was nimmt er so eine alte, häßliche Eule.«

Nach einiger Zeit brachten die beiden Frauen den Fall vor den Bezirksrichter. Als dieser in den Spiegel sah, meinte er empört: »Es ist unglaublich, die Leute streiten sich um Kleinigkeiten und ziehen sich an wie ein Richter, wenn sie vor Gericht erscheinen. Sogar meine Robe hat dieser Bauer da angezogen.«

Der gute Räuber

In einer kleinen Hütte lebte einmal ein junger Bauer namens Lin Pan. Sein Vater war schon gestorben, und so lebte seit einigen Jahren Lin Pan allein mit seiner alten Mutter.

Die Mutter und der Sohn grämten sich lange Zeit sehr, daß der Vater der Familie den Weg zum Himmelreich angetreten hatte. Aber sie lebten bescheiden, zufrieden und doch nach einigen Jahren fast glücklich in ihrer Hütte.

Die Mutter versorgte das kleine Haus, der Sohn arbeitete draußen auf den Feldern und sah nach dem Vieh. Nach einiger Zeit aber wurde die Mutter etwas kränklich und konnte nicht mehr viel in Küche und Stube machen. Und so mußte der gute Lin Pan nicht nur jeden Tag auf den Feldern arbeiten, sondern hatte auch noch die Mahlzeiten zu bereiten: das Frühstück, nachdem sie aufgestanden waren, das Mittagessen, wenn er mit einem großen Hunger nach Hause kam, und auch das Abendessen nach des Tages Arbeit. Aber er beklagte sich nie. Er arbeitete hart, war bescheiden und hatte im Laufe der Zeit für sich und seine Mutter ein kleines Sümmchen Geld ersparen können, hatte etwas Tuch für die kommenden Jahre in den Schrank gelegt und auch einige kleine hübsche Dinge erworben.

Eines Nachts, es war schon sehr spät, ja es war kurz vor dem ersten Hahnenschrei, erwachte Lin Pan von einem merkwürdigen Geräusch.

Durch die Tür der kleinen Hütte war ein Räuber getreten. Lin Pan wollte schreien, aber er fürchtete, seine Mutter allzusehr damit zu erschrecken, und so blieb er still und mußte mit ansehen, wie der Räuber ein festes Tau aus der Tasche holte und ihn behend und geschickt mit wenigen Handgriffen an das Bett fesselte. So lag er nun da, starrte auf den Räuber und sah, wie dieser mit seiner Laterne mal hierhin und mal dorthin leuchtete und hier all die kleinen Schätze entdeckte, die Lin Pan all die langen Jahre gesammelt hatte, seine Ersparnisse aus den Jahren der harten Arbeit und all das, was sich die beiden geradezu vom Munde abgespart hatten.

Der Räuber legte zuerst ein großes Stück Tuch auf den Fußboden, um ein ordentliches Paket machen zu können. Zuerst legte er Lin Pans bestes Seidengewand auf den Boden. Dann nahm er dessen einzige guten Schuhe, die er für die Fest- und Feiertage unter dem Bett aufbewahrt hatte. Bald fand der Räuber auch die Geldtasche. Dann hob er den Ballen Tuch aus dem Regal, den Lin Pan für seine Mutter und sich immer geschont hatte und der für viele Jahre reichen sollte.

Lin Pan wagte sich nicht zu bewegen und sagte auch kein Wort.

Als aber der Räuber den Kupferkessel vom Ofen hob und auch in sein Paket packen wollte, da konnte Lin Pan nicht mehr an sich halten und sagte zu dem Räuber: »Ich bitte Dich, laß mir wenigstens den Kupferkessel. Du magst ja alles andere mitnehmen, und ich will mich auch nicht beklagen, aber ich bitte Dich inständig, laß den Kessel hier, ich brauche ihn, um jeden Morgen meiner alten Mutter Frühstück bereiten zu können.«

Der Räuber blieb wie angewurzelt stehen. Er stellte den Kessel auf den Ofen zurück und sagte, mehr zu sich selbst als zu Lin Pan:

»Gewiß, Unglück und Hunger wird mich treffen, wenn ich einem so guten und pflichtbewußten Sohn hier etwas raube.«

Dann verbeugte er sich tief und sagte höflich zu Lin Pan:

»Mein junger Herr, Sie sind von einer bemerkenswerten Güte. Ich werde Ihren Kupferkessel nicht mitnehmen, und ich werde auch alle anderen Dinge und Besitztümer in der Hütte lassen.« Dann begann er, alle Dinge einzeln wieder an den Platz zu stellen, von dem er jedes einzelne Stück genommen hatte. Schließlich löste er auch das Tau, mit dem Lin Pan an das Bett gefesselt war, verbeugte sich noch einmal tief und verschwand durch die Tür hinaus in die Nacht.

Goldstute

Es war einmal ein reicher Bauer, der liebte Geld mehr als sein eigenes Leben. In seinen Augen erschien die kleinste Münze größer als ein Mühlstein. Immer hielt er Ausschau nach Gelegenheiten, Geld zu machen. Und er war seinen Pächtern ein harter Grundherr. So nannten sie ihn alle nur »Geizkragen«.

Eines Jahres kam eine große Trockenheit über das Land. Kein Wölkchen zeigte sich mehr am Himmel und kein Tropfen Wasser fiel. Die Bauern, die ohnehin von einer Ernte zur anderen lebten, hatten nun kein Körnchen mehr in ihrer Scheune und mußten bereits Baumrinde und Wurzeln essen, um zu überleben. Aber selbst die Rinde und die Wurzeln gingen aus. Hunger drohte und große Not stand vor der Tür.

Die Scheunen vom Geizkragen aber, die großen und die kleinen, waren übervoll. Die

Bauern machten sich schließlich auf den Weg zu ihm und baten ihn, von seinem Überfluß etwas abzugeben.

Geizkragen aber hieß nicht nur so, er war es auch. Er war geizig, wie man nie einen Menschen irgendwo geiziger gesehen hatte.

Die Bauern mußten schließlich unverrichteterdinge wieder abziehen, steckten ihre Köpfe zusammen und beschlossen, ihm eine Lehre zu erteilen. Sie holten ihre letzten Silberstückchen aus den Häusern und führten eine magere kleine Stute aus einem der Ställe. Dann stopften sie die Silberstückchen in das Hinterteil des Pferdes und banden sie mit dünnen Baumwollfäden unter dem Schwanz des Pferdes fest. Von den Fäden sah man nichts. Sie hatten die Farbe des Pferdes selbst. Schließlich wählten sie einen der ihren aus, der den Spitznamen »Großmaul« hatte und von dem erzählt wurde, er könne mit seinen Reden Tote aus ihren Gräbern erwecken. Ihn sandten sie mit der Stute zu Geizkragen. Als Geizkragen ihn in den Hof kommen sah, geriet er in Zorn. Er rief durch das Fenster: »Du verdammter Hund, was tust Du auf meinem Hofe? Geh mir aus den Augen!«

»Dämpft Eure Stimme, Meister«, sagte Großmaul und lachte dabei bedeutungsvoll.

»Wenn Ihr mein Pferd erschreckt und es durchgeht, dann könnt Ihr Euer ganzes Hab und Gut verkaufen, um den Schaden wiedergutzumachen.«

»Was sollen diese Reden, Großmaul, was kann dieses schäbige Pferd denn wert sein?«

»Oh, nichts weiter, aber, wenn es seine Eingeweide bewegt, dann kommen Gold- und Silberstücke hinten heraus.«

Diese Worte erregten Geizkragens Neugier und er fragte schnell:

»Woher hast Du denn den Gaul?«

»Ja«, begann Großmaul, »vor einigen Nächten hatte ich einen merkwürdigen Traum. Ich traf einen weißbärtigen alten Mann, der zu mir sagte: ›Großmaul, das Pferd, das die Gold- und Silberbarren des Gottes des Reichtums im Himmel immer befördern mußte, ist ausgeschirrt worden und wurde zur Erde geschickt. Du kannst in den Nordwesten gehen und es fangen. Wenn es seine Eingeweide bewegt, dann gibt es Silber und Gold von sich. Wenn Du es fängst, ist Dein Glück gemacht.‹ Dann gab mir der alte Mann einen Stoß, und ich wachte auf.

Ich gab nichts darauf, denn es war ja nur ein Traum, so dachte ich, drehte mich um und schlief erneut ein. Aber kaum hatte ich meine Augen zugemacht, da erschien der alte Mann wieder und drängte mich, endlich aufzustehen. ›Das Pferd wird sich ein anderer holen, wenn Du weiter zögerst.‹ Und er gab mir erneut einen Stoß.

Ich wachte wieder auf, nahm schließlich meine Kleider vom Boden und rannte los. Tatsächlich, in den nordwestlichen Wiesen sah ich zuerst etwas wie einen Feuerball. Ich rannte und rannte und fand schließlich das Pferd, das ganz friedlich dort graste. So führte ich das Pferd nach Hause.

Am folgenden Tag zündete ich etwas Weihrauch an, und kaum hatte ich den Weihrauch entzündet, da stellte sich das Pferd breitbeinig hin und siehe da, Silberstückchen kamen aus seinem Hintern.«

»Ist das wirklich wahr?« fragte Geizkragen.

Großmaul entgegnete: »Es gibt ein altes Sprichwort, das sagt ›Den Pudding kannst Du allein prüfen, wenn Du ihn ißt.‹ Wenn Du mir nicht glaubst, dann kann ich es Dir ja einmal vorführen.«

Er bat Greizkragen, ein Weihrauchgefäß zu holen und den Weihrauch zu entzünden. Großmaul trat hinter das Pferd und hielt einen großen, breiten Teller unter den Hintern der Stute. Dabei zog er heimlich die Baumwollfäden heraus, so daß alsbald die kleinen Silberstücke klimpernd auf den Teller fielen.

Wie nun Geizkragen das Pferd Silber von sich geben sah, fragte er begierig: »Und wieviel gibt der Gaul am Tage von sich?«

»Drei oder vier Täls an einem Tag, bei Leuten von unserem Schlag«, antwortete Großmaul, »aber der alte Mann in meinem Traume sagte noch: ›Wenn das Pferd auf eine wirklich glückliche Person trifft, so könnte es sein, daß es vierzig oder fünfzig Täls pro Tag von sich gibt.‹«

Geizkragen dachte bei sich selbst, das Pferd muß ich haben, und er stellte sich vor, welch ein reicher Mann er würde, wenn die

Stute auch nur zwanzig Täls an einem Tag auf den Silberteller klimpern ließe. Und schnell rechnete er nach: Das wären sechshundert Täls in einem Monat und siebentausendzweihundert Täls in einem Jahr.

Als er diese Summe bedachte, stand es fest, er mußte den Gaul haben, koste es, was es wolle. So fing er ganz ernsthaft mit Großmaul zu handeln an. Großmaul tat zuerst, als käme ein solcher Kauf nie in Frage. Geizkragen blieb hartnäckig und versuchte, ihn bei einem noch höheren Preis zu überreden, das Pferd ihm endgültig zu überlassen. Schließlich seufzte Großmaul tief und sagte:

»Ja, wenn es denn sein muß. Mein Glücksstern leuchtet nicht so hell wie der Eure. Ich muß ihn eben verkaufen, aber ich möchte weder Silber noch Gold. Ich möchte dreißig große Schiffe Getreide dafür.«

Geizkragen dachte, dieser Preis sei wirklich niedrig und schlug sofort in den Handel ein. Großmaul eilte zurück, holte einen Wagen, lud das Getreide darauf, fuhr nach Hause und verteilte das Getreide an alle Bauern des Dorfes.

Nun hatten sie etwas zu essen und konnten auch noch ein wenig Sämereien für die neue Aussaat zurücklassen.

Geizkragen war nun glücklich, das Pferd zu besitzen, und konnte sich vor Freude gar nicht beruhigen. Er war sehr mißtrauisch und wollte das Pferd an einen sicheren Ort bringen. Nirgendwo schien der Gaul sicher genug. Schließlich holte er ihn sogar in seine Wohnstube herein.

Dort legte er einen schönen roten Teppich auf den Boden, brachte ein Weihrauchgefäß herein und entzündete den Weihrauch.

Die ganze Familie saß um den Gaul herum und wartete nun voller Erregung, wieviel Gold- und Silberstücke zwischen den Hinterbeinen des Pferdes hervorklimpern würden. Aber alle warteten sie bis Mitternacht.

Plötzlich öffnete das Pferd die Hinterbeine. Geizkragen sprang auf und holte ein kostbares Lacktablett und hielt es unmittelbar unter die Hinterbacken der Stute. Aber er wartete und wartete, es ereignete sich gar nichts. Ärgerlich hob er den Schwanz des Pferdes, beugte sich nieder und versuchte herauszufinden, ob nicht etwas Silber zwischen den Hinterbacken ihm entgegenblitzte.

Da machte es plötzlich »klatsch« und das Pferd hatte Geizkragen über und über bespritzt und bekleckert. Das flüssige »Gold und Silber« rann an seinen Wangen und an seinem Nacken herunter und bedeckte seine schönen langen Gewänder bis zu den Füßen. Der Gestank war so durchdringend, daß Geizkragen hinauseilte, laut schrie und dann zu brechen begann, wieder und immer wieder.

Das Pferd in der Stube aber erleichterte sich noch in anderer Weise, und mit reichlich brauner Flüssigkeit tränkte es den schönen Teppich bis zu den letzten Fasern. Die ganze Stube stank zum Himmel. Geizkragen begriff nun, daß er angeführt worden war, und in einem Wutanfall tötete er das Pferd.

Am nächsten Morgen sandte er sogleich mehrere seiner Knechte aus, die Großmaul festnehmen und zu ihm bringen sollten. Aber die Pächter hatten ihn gut versteckt. Die Männer von Geizkragen konnten suchen, wo sie wollten, in den Küchen, in den Stuben, in den Ställen, in den Scheunen, Großmaul fanden sie nicht. Es war nicht die geringste Spur von ihm zu finden. So beschloß Geizkragen, abzuwarten, Spione aufzustellen und die Augen offenzuhalten.

Bald wurde es Winter und an einem klaren Wintermorgen vergaß Großmaul, sich gut zu verstecken, und wurde daher von den Häschern Geizkragens gefunden und festgenommen. Als er bald darauf vor Geizkragen stand, mahlte dieser mit den Zähnen und ohne ein Wort zu sagen, ließ er Großmaul abführen und in seiner Mühle einsperren. Er befahl den Knechten, ihm seine Kleider vom Leib zu reißen und ließ ihn in der Mühle allein – nur mit einem Baumwollhemd bekleidet, in der Hoffnung, daß er dort erfrieren müßte.

Nun war es die kälteste Jahreszeit im Jahr, Schnee war gefallen und ein bitterkalter Wind blies durch die Ritzen. Großmaul kroch in eine Ecke und zitterte vor Kälte. Als er es vor Kälte fast nicht mehr aushalten konnte, schoß ihm eine Idee in den Kopf.

Er stand auf, hob den großen Mühlstein vom Boden und begann nun vor- und zurückzugehen, wobei er den großen Mühlstein vor sich hin- und herrollte. Bald wärmte er sich damit auf, kam ins Schwitzen und hatte die Kälte vergessen. Die ganze Nacht ging er hin und her, rollte den Mühlstein durch die Mühle und gönnte sich kaum ein paar Minuten Ruhe. Am nächsten Morgen glaubte Geizkragen, Großmaul sei bereits erfroren. Aber als er die Mühlentür öffnete, fand er zu seinem größten Erstaunen Großmaul in einer Dampfwolke sitzen, den ganzen Körper über und über von Schweiß bedeckt.

Großmaul stand sofort auf und bat ihn: »Meister, habt Mitleid, schnell, bringt mir einen Fächer, ich sterbe noch vor Hitze.«

»Woher kommt denn hier die Hitze?« fragte Geizhals sprachlos.

»Ach, die Hitze, die kommt nur von diesem Hemd. Es ist ein altes Erbstück und wird schon lange ›Feuerdrachenhemd‹ genannt. Je kälter das Wetter, desto größer ist die Hitze, wenn man es trägt.«

»Und woher hast Du das Hemd?«

»Ach, ursprünglich war es die Haut des Feuerdrachen, die dieser dann abstreifte. Die Königin des westlichen Himmels hat dann daraus ein Hemd gewoben. Später kam es in den Besitz meiner Vorfahren und so ist es als Familienerbstück auf mich gekommen. Generation zu Generation hat man es vererbt, und ich habe es dann eben angezogen.«

Geizkragen sah den Schweiß auf dem Körper von Großmaul, fühlte die Hitze und glaubte daher die ganze Geschichte. Für ihn war es eine abgemachte Sache, dieses Feuerdrachenhemd mußte er haben und so vergaß er die Sache mit der Goldstute.

Ohne zu überlegen, bot er sofort Großmaul seinen langen Fuchshaarmantel für das Hemd. Großmaul lehnte ab und rief: »Nie werde ich dieses Hemd verkaufen oder vertauschen!«

Aber als Geizkragen fünfzig Silbertäls noch zu dem Tausch dazulegte,, sagte Großmaul schließlich mit einem Seufzer: »Ach, meine Vorfahren dürften dies nicht sehen und nicht wissen, daß ich das gute alte Erbstück doch verkaufe und vertausche.« Nachdem er dies gesprochen hatte, zog er das Hemd aus und schlüpfte sofort in den Fuchshaarmantel von Geizkragen. Dann schob er die fünfzig Silbertäls in die Tasche und trat sofort den Heimweg an.

Die Freude von Geizkragen kannte nun keine Grenzen. Einige Tage später sollte der Geburtstag seines Schwiegervaters gefeiert werden. Dieser wohnte in einem Dorf, das zwei Tagesreisen weit entfernt war. Nun wollte er allzugern seine neue Erwerbung vorführen und brach sofort auf zu seinem Schwiegervater und hatte dabei nur das Feuerdrachenhemd an. Es war Winter, und mitten auf der Reise erhob sich ein scharfer Wind und es begann auch zu schneien. Geizkragen zitterte vor Kälte. Der Ort, an dem er sich befand, war weit von jedem Dorf und jeder Gaststätte entfernt, so daß er nirgendwo Unterschlupf finden konnte. Er spähte überall umher und sah schließlich einen großen Baum am Wegesrand, in den der Blitz gefahren war und der deswegen halb verbrannt war. Auf diese Weise war eine Baumhöhle entstanden und in diese Höhle paßte gerade ein Mensch hinein. Geizkragen eilte dorthin und barg sich in der Baumhöhle. Der Wind wurde immer stärker, ein Schneesturm kam, Geizkragen bückte sich, schneite völlig ein und starb schließlich in dem Baum vor Kälte.

Erst mehrere Tage später fand seine Familie seinen Leichnam. Nun wußten sie alle, daß Geizkragen von Großmaul wieder angeführt worden war und sandten Männer aus, die ihn ergreifen und bestrafen sollten.

Diesmal aber verteidigte sich Großmaul. »Mein kostbares Hemd beginnt immer zu brennen, wenn es mit Holz, Gras oder Baumstämmen zusammenkommt«, erklärte er. »Der gute Meister ist wohl auf diese Weise zu Tode gekommen. Ich hab ihm nie gesagt, daß er sich in einem Baum verbergen soll. Wenn Ihr nachseht, werdet Ihr bestimmt sehen, daß der Baum bereits halb weggebrannt ist.«

Als die Familie den Baum untersuchte und alles so vorfand, wie es Großmaul beschrieben hatte, konnten sie nichts mehr gegen ihn machen und mußten ihn freilassen.

Die Garnele und der Regenwurm

In uralten Tagen lebten die Garnele und der Regenwurm einträchtig zusammen auf Erden, besahen sich die weite Welt und gingen hierhin und dorthin.

Der Regenwurm hatte große runde Augen, konnte die Welt damit gut sehen und hatte keine Sorge, sein Essen zu finden. Er war ein lustiger Geselle und er sang und pfiff gerne. Die Garnele in ihrem engen Muschelgehäuse hatte keine Augen. Sie war blind. Sie konnte weder die Sonne noch den Mond sehen, weder die Sterne noch die Blumen und auch keinen Grashalm und keinen Baum. Sie stolperte oftmals und hatte Mühe, etwas Essen zu finden. So lebte die Garnele dahin und hatte ein recht trauriges und trübsinniges Leben.

Nun verlangte sie es aber auch einmal zu sehen, um zu wissen, wie die Welt rings um sie wohl aussähe, ging daher zum Regenwurm und sagte zu ihm: »Bitte, leihe mir für einen Tag Deine großen runden Augen, damit ich auch einmal etwas sehen kann. Ja, ich wäre schon zufrieden, wenn ich nur einen einzigen Blick aus ihnen werfen könnte.«

Der Regenwurm hatte Mitleid mit der blinden Garnele, nahm seine beiden großen Augen und setzte sie auf den Kopf der Garnele. Die Garnele war sehr glücklich und furchtbar aufgeregt, denn nun sah sie zum ersten Mal die Welt. Sie sah den blauen Himmel und die goldene Sonne, sie sah, wie die Bäume sich im Wind bewegten, und sie sah die vielen Sterne am Himmel.

»Oh, wenn ich nur diese Augen behalten könnte, wie glücklich wäre ich«, sagte sie zu sich selbst, und schnell hüpfte sie hinaus ins Wasser. Der Regenwurm kroch zum Ufer und beschwor die Garnele, zurückzukommen und ihm seine Augen wiederzubringen. Aber die Garnele tat, als ob sie ihn nicht höre. Sie schwamm glücklich hierhin und dorthin und sah nun alle die Fische und all das Getier im Wasser und konnte sich vor Freude gar nicht lassen.

Seit dieser Zeit kriecht der Regenwurm blind herum auf der Erde und sucht immer noch die Garnele mit seinen Augen. Diese aber schwimmt seitdem lustig im Wasser und hat immer noch die geliehenen Augen auf dem Kopfe.

Das Riesenzuckermännchen

Es waren einmal zwei Brüder. Der ältere, Lao Da, war ein habsüchtiger und niederträchtiger Mensch, der das elterliche Besitztum an sich gerissen hatte und durch Wucherei noch reicher geworden war. Der jüngere Bruder, Lao Örl, war ein aufrichtiger und guter Mensch. Vom Hab und Gut des Vaters hatte er nichts erhalten, aber er arbeitete fleißig auf den Feldern der Nachbarn und verdiente sich damit seinen Unterhalt. Eines Tages trug Lao Örl, der jüngere Bruder, zwei Eimer Sirup zu einem Straßenhändler jenseits des Berges. Kaum hatte er den Berg erklommen, da begann es zu regnen. Der Weg wurde schlüpfrig. Lao Örl verlor seinen Halt, glitt aus und rutschte und rollte mit seinen beiden Sirupeimern den Berg hinab.

Von Kopf bis Fuß war er mit Sirup voll und kam kaum wieder auf die Beine. Mit einem

Mal umringte ihn eine Schar von kleinen Kobolden. Sie hielten Lao Örl für ein Zuckermännchen, begannen an ihm zu lecken und wollten ihn verspeisen.

Aufgeregt sagten die Kobolde zueinander: »Das ist ein großes Zuckermännchen. Wir sollten es mit nach Hause nehmen und dort in Ruhe Stück für Stück genießen.«

Bald hatten die Kobolde Lao Örl in ihre Höhle geschleppt und auf einen Steintisch gesetzt. Ein alter Kobold mit einem langen Horn auf der Stirn sagte zu den anderen: »Wir sollten das Zuckermännchen als Nachspeise aufbewahren. Zuerst wollen wir richtig Mittag essen.« Er winkte einem kleinen Kobold, der ihm eine schmale Trommel herbeibrachte. Der alte Kobold sagte einen Zauberspruch und schlug die Trommel. Lao Örl staunte nicht schlecht, denn mit jedem Trommelschlag erschienen vorzügliche Gerichte, die gar lieblich dufteten. Lao Örl blieb völlig unbeweglich, beobachtete alles ganz genau und merkte sich den Zauberspruch.

Nach einem ausgedehnten Mittagsmahl gingen die Kobolde zu Tal, um ihren Schabernack und ihre munteren Streiche zu treiben.

Lao Örl kletterte vom Steintisch. Schnell nahm er die Zaubertrommel aus ihrem Versteck, verbarg sie an seiner Brust und lief schnell nach Hause, so schnell wie ihn seine Füße tragen konnten.

Nun hatten für Lao Örl die Sorgen ein Ende. Jeden Tag saß er am Tisch bei wunderbar duftenden Speisen.

Der ältere Bruder, Lao Da, erfuhr bald die Geschichte und machte sich nach einigen Tagen mit zwei Eimern Sirup auf den Weg in die Berge. Auf halber Höhe ließ er sich absichtlich hinfallen, beschmierte sich selbst mit Sirup und rollte mit beiden Eimern auch noch den Berg hinunter. Bald waren die Kobolde zur Stelle und schrien aufgeregt: »Da ist ja unser Zuckermännchen, es ist uns davongelaufen, schnell zurück mit ihm in die Höhle!«

Unbeweglich saß bald Lao Da auf dem Steintisch in der Höhle der Kobolde, vernahm alles, was die kleinen Männer sprachen, und hörte auch, wie der alte Kobold mit dem langen Horn auf der Stirn sagte: »Das Zuckermännchen hat uns damals unsere schmale Trommel fortgeschleppt. Wir wollen diesmal vorsichtiger sein und aus ihm ein süßes Tränklein kochen.«

Die Kobolde warfen Lao Da in einen großen Kessel voller Wasser, stülpten einen Deckel darüber und entfachten ein großes Feuer. Lao Da fühlte es heißer und heißer werden, bald konnte er es nicht mehr aushalten, sprang mit einem Satz aus dem Kessel und sauste zur Tür hinaus. Die Kobolde erschraken, gestikulierten wild durcheinander und rannten dann gleich hinter dem flüchtenden Zuckermännchen drein. Bald hatten sie Lao Da wieder eingefangen.

Der Kobold mit dem Horn sagte zu seinen Freunden: »Zuerst hat er uns die Trommel fortgeschleppt, nun ist er uns wieder davongelaufen. Wir wollen ihm einen Denkzettel verpassen, den er immer bei sich tragen soll!« Bei diesen Worten ergriff der alte Kobold die Nase von Lao Da und zog sie mit einem Ruck einen ganzen Fuß lang. Jeder der Kobolde faßte die Nase von Lao Da an und zog sie ein

Stück weiter nach unten. Am Ende war die Nase sieben Fuß lang, da es sieben Kobolde waren. Wie sie nun den langnasigen Lao Da sich anguckten, wollten sie vor Lachen fast zerplatzen. Das war ein Schabernack nach ihrem Sinn.

Wiehernd vor Gelächter warfen sie dann Lao Da zur Tür hinaus.

Auf dem Heimweg hielt Lao Da nun immer wieder die langgezogene Nase und versuchte, sie in seinem Mantel zu verstecken.

Zu Hause angekommen, rief er gleich nach seiner Frau, die auf ihn schon lange gewartet hatte. Sie hatte gelaubt, ihr Mann käme mit der Zaubertrommel zurück, so daß ein vortreffliches Mittagsmahl an diesem Tage hätte herbeigetrommelt werden können.

»Du meine Güte! Was hast Du nur angestellt! Was hast Du für eine Nase!«

Mit näselnder Stimme erzählte ihr Lao Da, was vorgefallen war. Die Frau meinte daraufhin: »Dein jüngerer Bruder hat von den Kobolden die Zaubertrommel gebracht, er wird sicher die Kobolde auch bitten können, Deine lange Nase wieder zu beseitigen.«

In ihrer Not machten sich die beiden sogleich auf zu Lao Örl. Wie dieser nun die lange Nase seines Bruders und die Tränen in den Augen seiner Schwägerin sah, hatte er für ihre Bitten gleich ein offenes Ohr und machte sich auf in die Berge. Bei der Höhle der Kobolde angekommen, versteckte er sich hinter den Büschen und schlich hinein, als sie weggegangen waren. Lao Örl versteckte sich gut hinter einer Tür. Bald kamen die Kobolde zurück und riefen: »Es riecht nach Menschenfleisch, nach Menschenfleisch!« Sie suchten den Eindringling unter Tischen und Bänken und in allen Ecken, aber sie fanden ihn nicht. Der Kobold mit dem Horn auf der Stirn sagte: »Wir müssen aufpassen, die kleine Trommel haben wir schon verloren, nun haben wir nur noch den Gong.« Der alte Kobold ließ sich den Gong reichen und hängte ihn sich um den Hals.

»Es ist bloß gut, daß wir dem Burschen von gestern die Nase langgezogen haben! Das wird ihm eine Lehre sein. Er wird sich hier nicht mehr blicken lassen. Und die lange Nase wird ihm so lange bleiben, bis einer auf die schmale Trommel schlägt und ›Schrumpel‹ ruft. Mit jedem Trommelschlag wird die Nase kürzer, wenn man tüchtig trommelt und ›Schrumpel‹ schreit.«

Ein kleiner Kobold unterbrach den Alten und sagte: »Pst! So könnte uns einer belauschen! Erzähl doch nicht die ganze Geschichte!«

Einen Augenblick lang verharrten sie in völliger Stille, dann aßen sie weiter und hüpften nach der Mahlzeit fröhlich davon.

Lao Örl wartete eine Weile noch still in seiner Ecke, schlich dann aus der Höhle und machte sich hastig auf den Heimweg.

Zu Hause holte er schnell seine Trommel aus seiner Truhe, hastete zum Hause seines Bruders und begann sogleich, die Trommel zu schlagen. Bei jedem Schlag rief er: »Schrumpel!« Kaum war der Schlag verklungen und das Wort gesagt, da wurde die Nase auch schon kürzer. Die Schwägerin, die ungeduldig zusah, riß ihm die Trommel aus der Hand und schrie: »Das geht zu langsam!« Sie schlug die Trommel und rief so schnell sie konnte: »Schrumpel! Schrumpel!«

Da zerbrach die kleine Trommel, die Nase von Lao Da aber war Stück um Stück zurückgeschnellt und zuletzt ganz in den Kopf zurückgesaust. Seit diesem Tage mußte der habsüchtige Lao Da ohne Nase herumlaufen.

Die unvorsichtigen Affen

Eine Affenfamilie lebte einmal tief in einem Wald in China. Sie kam oft heraus auf eine Lichtung, um zu spielen. Die Affen tranken gerne Wein und zogen auch gerne rote Schuhe an, wenn sie welche in den Dörfern der Menschen erhaschen konnten. Ein Jäger hatte sie lange beobachtet und wollte sie gerne fangen.

Die Affen waren aber sehr klug. Sie rannten immer schnell weg, wenn sie ihn kommen sahen. Eines Tages spielten die Affen wieder auf der Lichtung miteinander. Plötzlich roch einer von ihnen mit seiner feinen Nase Wein. Ganz in der Nähe mußte hier Wein sein, so meinte er und rief den anderen zu: »Riecht mal alle, riecht es hier nicht etwa nach Wein ?«

Die Affen kamen alle heran, schnupperten in die Luft und bald hatte einer von ihnen auch mehrere Weinkrüge an einem kleinen

Waldpfad entdeckt, und siehe, daneben standen mehrere Paare hübscher roter Schuhe, schön aufgereiht, ganz in der Nähe der Weinkrüge.

Der Anführer der Affen sagte: »Wir müssen sehr vorsichtig sein, ich bin sicher, der Jäger will uns eine Falle stellen.«

Ein anderer Affe fragte: »Und warum sollte er solch schöne Schuhe neben einem Weinkrug aufstellen?«

Als er sprach, kratzte er sich überall, denn es juckte ihm nicht nur das Fell, er war auch sehr neugierig und hätte gerne bereits ein paar Schluck von diesem herrlichen Wein genommen.

Ein dritter Affe aber riet ihnen ebenfalls: »Wir haben sehr vorsichtig zu sein, denn der Jäger ist bestimmt hinter uns her und wird uns fangen, wenn wir uns nicht in acht nehmen.«

Der alte Affe, der der Anführer war, sagte: »Du hast völlig recht, hier heißt es aufpassen. Ich weiß genau, der Jäger will uns fangen. Dummer alter Jäger!« rief er laut. »Glaubst Du wirklich, daß Du uns fangen kannst?«

Und alle anderen Affen fielen ein: »Dummer alter Jäger. Dummer alter Jäger!«

Und sie riefen immer weiter aus vollem Halse, so daß der Wald widerhallte und ihre Zungen ganz trocken wurden.

Unterdessen hatten sie sich alle in einem Kreis um die Weinkanne und um die roten Schuhe versammelt. Sie wußten aber nicht, was sie anfangen sollten. Unschlüssig kratzten sie sich und leckten sich ihre Lippen.

»Könnten wir nicht wenigstens ein bißchen von dem Wein versuchen?« fragte einer der Affen.

»Und ich könnte ein Pärchen von den roten Schuhen einmal ausprobieren«, meinte ein anderer, »sie sehen wirklich so bequem und so hübsch aus.«

Ohne ein weiteres Wort zu sagen, stürzten auf diese Worte hin alle Affen auf die Weinkanne los und öffneten sie.

Oh, welch ein herrlicher Duft, nun waren sie glücklich, welch ein herrlicher Wein. Zuerst probierten sie ihn mit ihren Zungen. Dann fingen sie an, große Mengen davon zu schlürfen. Einige von ihnen zogen die roten

Schuhe an und sprangen und tanzten in ihnen herum.

Die anderen, die schon viel Wein getrunken hatten, wälzten sich auf dem Boden. Plötzlich hörten sie ein Geräusch aus dem Wald. Es war der Jäger. Einige der Affen versuchten noch wegzurennen, aber sie konnten nicht entweichen, denn die Schuhe waren mit feinen Fäden aneinandergebunden.

Und so war es für den Jäger sehr leicht, die Affen alle zu fangen.

»Das haben wir selbst verschuldet«, heulte einer der Affen, der nun am Strick des Jägers hing. »Wir müssen uns schämen, und wir sind selbst an allem schuld. Wir waren zu begehrlich und zu raffgierig.«

Der kluge Dieb

Es war einmal ein armer Mann, der hatte eine Tabakpfeife gestohlen, war dabei erwischt worden und saß nun im Gefängnis. Lange überlegte er hin und her, wie er fliehen oder wie er freikommen könnte. Eines Tages hatte er eine Idee. Er bat den Gefängniswärter, ihn zum Kaiser zu führen.

»Bist du von Sinnen, eine Audienz beim Himmelssohn und das aus dem Gefängnis heraus, das ist unmöglich!«

»Führe mich zum Kaiser«, bat der Dieb mit bestimmten Worten, »ich habe eine Kostbarkeit für ihn, die will ich ihm überreichen.«

»Eine Kostbarkeit? Was soll das denn sein?«

»Das werde ich dem Kaiser nur allein erzählen. Ich bitte Dich dringend, bringe mich in den Kaiserpalast.«

Der Wärter verschaffte ihm schließlich eine

Audienz beim Himmelssohn. Und als der Dieb vor seinem Herrscher stand, zog dieser nur seine Augenbrauen hoch und sagte: »Und?«

Der Dieb ließ sich nicht beirren, holte ein kleines Päckchen aus der Tasche und überreichte es dem Kaiser.

Der Himmelssohn öffnete neugierig das Päckchen und rief ärgerlich aus: »Das ist ja ein Birnenkern, ein ganz gewöhnlicher Birnenkern!«

»Der Kern einer Birne ist es schon«, sagte der Dieb, »aber es ist kein alltäglicher und kein gewöhnlicher Kern, es ist eine große Kostbarkeit, denn wer diesen Kern sät, der wird eines Tages goldene Birnen ernten können.«

»Und warum hast Du diesen Kern nicht selbst ausgesät und nicht selbst goldene Birnen geerntet?« fragte der Kaiser.

»Ja«, meinte der Dieb, »bei mir würde der Baum nur gewöhnliche Birnen tragen, denn säen kann diesen Kern nur, der nicht gestohlen hat. Ich bin ein Dieb. Es ist zwecklos für mich, den Kern aussäen zu wollen. Euer Majestät haben auch bestimmt noch nichts unterschlagen und auch noch nichts gestohlen.«

Der Kaiser blickte zu Boden, hatte Ausflüchte und meinte: »Nein, nein, das geht nicht.« Denn er erinnerte sich genau, daß er als kleiner Junge einmal seinen Eltern Geld gestohlen hatte.

Daraufhin schlug der Dieb den Kanzler des Reiches vor. Der Kanzler wurde herbeibeordert, aber auch er trat von einem Fuß auf den anderen und meinte: Nein, er könne den Kern auch nicht aussähen.

Der Kanzler nämlich war ein bestechlicher Mensch und machte nur den zum Beamten, der ihm ordentlich Geld zusteckte.

Daraufhin schlug der Dieb den General vor. Der General wurde herbeigeholt, biß sich auf die Zunge und sagte, er müsse schnell zu seinen Truppen zurück und könne den Kern nicht aussäen. In Wirklichkeit aber unterschlug er heimlich die Hälfte des Wehrsoldes für die Soldaten, und er prahlte auch mit Heldentaten, die er gar nicht vollbracht hatte.

Daraufhin schlug der Dieb den Bürgermeister der Hauptstadt vor. Der Bürgermeister rang die Hände und raufte sich die Haare und meinte, er müsse sofort zurück zu seinen Amtsgeschäften, er habe jetzt nicht Zeit und Lust, Birnenkerne zu säen. In Wirklichkeit dachte er an die vielen Bestechungsgelder, die er angenommen hatte, wenn es galt, kleinere und größere Posten in der Stadtverwaltung zu vergeben.

Daraufhin schlug der Dieb den Gefängniswärter selbst vor.

»Nein, das kann ich auf keinen Fall machen, ich muß sofort zurück ins Gefängnis, sonst brechen alle Diebe und Verbrecher aus«, sagte der schlaue Gefängniswärter und dachte dabei an die Gelder, die er von den Gefangenen annahm, die etwas besser behandelt werden wollten als die übrigen.

Wen immer der Dieb vorschlug, keiner wollte den Birnenkern aussäen.

Der Dieb verbeugte sich vor dem Kaiser mit tiefem Kotau und zeigte daraufhin auf die Umstehenden. Dann sprach er: »Gestohlen haben sie alle, unterschlagen haben sie alle. Die Unwahrheit haben sie alle gesagt. Viel Geld haben sie genommen. Viel Unrecht haben sie getan. Ich hab nur eine Tabakpfeife genommen und soll nun lange Zeit im Gefängnis sitzen.«

Da schauten die hohen Beamten alle zur Erde. Der Kaiser aber befahl dem Dieb aufzustehen und ließ ihn sofort aus dem Gefängnis frei.

Die guten Ratschläge

Es war einmal ein armer Bauer, der ging zum Markt, um sich dort als Arbeiter zu verdingen, denn er wollte etwas Geld verdienen. Kurz danach kam ein reicher Mann des Weges und sagte zu ihm: »Könntest Du mir helfen, eine Schachtel nach Hause zu tragen, sie ist voll von Schalen und Tassen aus feinstem Porzellan. Ich kann Dich aber dafür nicht bezahlen, dafür aber will ich Dir einige gute Ratschläge geben.« Der Bauer stimmte zu und half dem reichen Mann, ohne Bezahlung die Schachtel nach Hause zu tragen, denn er dachte, gute Ratschläge sind manchmal mehr wert als Geld.

Der Bauer hatte tüchtig zu schleppen. Der reiche Mann ging neben ihm her. Als sie eine Weile gegangen waren, fragte der Bauer den Reichen: »Könntest Du mir jetzt schon etwas von den guten Ratschlägen verraten?« Der reiche Mann antwortete: »Glaube keinem, der Dir sagt, Hunger sei besser als ein gutes Mittagessen.«

Der Bauer hatte zwar etwas anderes erwartet, aber er mußte zugeben, dieser Rat war für jedermann verständlich.

Nachdem sie wieder ein Stückchen gegangen waren, fragte der Bauer wieder: »Könntest Du mir noch etwas von Deinen guten Ratschlägen jetzt schon geben?«

»Glaube keinem, der Dir sagt, daß es besser sei, zu gehen als zu reiten«, antwortete der Reiche.

»Ich gebe zu«, sagte der Bauer und schluckte, »dieser Ratschlag ist richtig und beherzigenswert.« Als sie nun zum Hause des reichen Mannes gekommen waren, sagte der Bauer zu ihm: »Und jetzt gib mir für den Abschied einen Ratschlag fürs ganze Leben, einen wirklich guten Rat, der etwas wert ist.«

»Glaube keinem, der Dir erzählt, daß es noch einen dümmeren Bauern gibt als Dich«, sagte der Reiche.

Als der Bauer dies hörte, ließ er sofort die Schachtel mit dem Porzellan auf den Boden fallen und meinte trocken: »Und nun werde ich Dir einen Ratschlag geben: Glaube keinem, der Dir sagt, daß in dieser Schachtel die Schalen und Tassen aus Porzellan nicht zerbrochen wären.« Sprach's und verschwand.

Die Göttin der Barmherzigkeit

Am Fuß eines Berges lebte einmal in einer kleinen Hütte eine alte Frau mit ihrem Sohn. Der Sohn war ein guter Junge, aber er war sehr häßlich. Sein Name war Yen Chong.

Eines Tages ging Yen Chong in der nahen Stadt am Hause eines reichen Mannes vorbei. Die Tochter des Hauses, die sehr schön war, wusch gerade im ersten Stock neben dem Fenster ihr langes Haar. Ohne sich näher umzusehen schüttete sie eine große Schale Wassers aus dem Fenster. »Klatsch« tat es, denn es hatte unten auf der Straße gerade Yen Chong getroffen. Yen Chong sah nach oben und bemerkte das Mädchen. Sie lächelte ihm aber zu und sagte:

»Bitte sei mir nicht böse, ich wollte Dich nicht treffen, ich war nur unvorsichtig.«

Yen Chong verliebte sich augenblicklich in das Mädchen. Noch am gleichen Abend berichtete er seiner Mutter, was er erlebt hatte, und sagte ihr, er wolle unbedingt das Mädchen heiraten.

»Du bist verrückt«, sagte seine Mutter, »wir sind sehr arm und sie ist sehr reich, ferner ist sie sehr schön und Du bist häßlich. Nie und nimmer wird sie Dich heiraten.«

Als er dieses hörte, war Yen Chong sehr unglücklich. Er hörte zu essen auf und konnte auch nicht mehr schlafen. Er wurde krank, und seine Mutter konnte ihm nicht helfen und war sehr betrübt. Schließlich brach sie auf und ging zu dem reichen Mann.

»Mein Sohn liegt krank zu Hause, weil er unbedingt Deine Tochter heiraten will«, sagte sie, »aber er fürchtet, daß Du sie ihm nicht geben wirst.«

Der reiche Mann lachte. »Wie hat denn Dein Sohn meine Tochter überhaupt treffen können?«

Die Mutter erzählte ihm alles, wie sie es von ihrem Sohne wußte und bat ihn nochmals, Nachsicht zu haben und in die Heirat einzuwilligen.

»Nun ja«, sagte der reiche Mann, »Du

kannst ihm erzählen, er könne meine Tochter zur Frau haben, aber zuvor muß er mir vier Dinge bringen: einen goldenen Vogel, eine Drachenhaut, eine kostbare Perle und das Haar eines Mannes, das länger sein muß als dieser Mann selbst groß ist.«

Die alte Frau hastete nach Hause und erzählte ihrem Sohn alles, was der reiche Mann gesagt hatte. Von diesem Augenblick an fühlte sich Yen Chong auch schon besser. Er packte etwas zum Essen ein und brach auf, die vier Dinge zu suchen, die der Vater des Mädchens von ihm verlangte.

»Ich werde die Göttin der Barmherzigkeit finden und ich werde sie bitten, mir zu helfen«, sagte er.

Nach einiger Zeit traf er einen Bauern, der gerade Melonen erntete. Er erzählte ihm, daß er auf der Suche nach der Göttin der Barmherzigkeit sei.

»Wenn Du sie findest«, sagte der Bauer, »dann bitte sie doch auch, sie möchte meine Melonen etwas größer wachsen lassen. Sie sind in diesem Jahr wie in den vergangenen Jahren sehr klein geraten.«

Yen Chong versprach es.

Etwas später kam er zu einem Gasthaus, wo er übernachten wollte. Der Gasthof war leer. Er war der einzige Gast. So erzählte er dem Wirt seine Geschichte und meinte, er werde die Göttin der Barmherzigkeit sicherlich eines Tages finden.

»Wenn Du zu ihr kommst«, sagte der Wirt, »dann verwende Dich bei ihr für mich, denn ich habe kaum Gäste, ich weiß nicht, warum sie nicht mehr zu mir kommen. Meist steht mein Wirtshaus leer.«

Yen Chong versprach auch dies und sagte wieder zu, ihm zu helfen. Am anderen Tag traf er einen sehr alten Mann, der am Wegesrand saß und ihm erzählte, daß er schon tausend Jahre alt sei. Er hatte einen langen weißen Bart, der länger war als seine Körpergröße.

Yen Chong erzählte ihm, wohin er gehe und was er vorhabe. Der alte Mann sagte ihm: »Wenn Du zur Göttin der Barmherzigkeit kommst, dann berichte ihr, daß es mein einziger Wunsch sei, ein Unsterblicher zu werden. Du kannst ihr sagen, ich hätte schon

tausend Jahre gelebt, bin immer noch am Leben, möchte aber unsterblich werden.«
Auch dies versprach Yen Chong und verließ den alten Mann voller Zuversicht.

Die Göttin der Barmherzigkeit hatte vom Himmel alles mit angesehen. In der Nacht ließ sie durch ihre Helfer ein Haus mitten auf dem Wege bauen, dem Yen Chong am Morgen einherschritt. Und so sah Yen Chong plötzlich vor sich ein Haus, groß und schön wie ein Palast und darinnen saß eine ältere Frau mit einem sehr milden und lieblichen Gesicht und einem Lächeln auf den Lippen.

»Ich bin die Göttin der Barmherzigkeit«, sagte sie, »und weil Du ein guter Junge bist, deshalb will ich Dir helfen.«

Yen Chong erzählte ihr seine Geschichte und sagte ihr auch, daß er unbedingt vier Dinge brauche, um das schöne Mädchen heiraten zu können.

Die Göttin der Barmherzigkeit fragte ihn: »Wolltest Du nicht noch etwas außerdem?«

Und da erzählte ihr Yen Chong von dem Bauern, dem Wirt und auch von dem alten Mann.

Die Göttin der Barmherzigkeit erwiderte: »Schlaf Dich erst einmal aus – und morgen gehe zu dem alten Mann zurück und sage ihm, Du möchtest seine Haare abschneiden, dann werde er ein Unsterblicher werden und Du kannst das lange Haar mit Dir nehmen. Gleich danach gehe zu der Wirtschaft. Unter dem Gasthof lebt nämlich in einer Höhle schon länger ein Drache. Die Leute wissen dies und deshalb betreten sie dieses Gasthaus nicht mehr. Töte den Drachen, zieh ihm die Haut ab, und damit hast Du dem Wirt und Dir selbst geholfen.

Auf Deinem weiteren Wege wirst Du dann eine große Melone finden. Trage sie zu dem Haus des Bauern, schneide sie auf und nimm aus ihr die kostbare Perle, die darin liegt. Dann gib dem Bauern die Melone, der sie sofort auf seinem Feld einpflanzen soll. Die Melone ist groß, genausogroß wie diese werden später alle seine Melonen auf seinem Felde sein.«

Yen Chong dankte der Göttin der Barmherzigkeit. Schließlich aber erinnerte er sich an den goldenen Vogel.

»Könntest Du mir nicht noch helfen, einen goldenen Vogel zu bekommen?« fragte er nochmals die Göttin.

»Kehre an den Berg zurück, an dem Du mit Deiner Mutter lebst. Bevor Du nach Hause gehst, steige auf den Gipfel des Berges. Dort wirst Du einen steinernen Löwen finden. In dem Maul dieses Löwen lebt der goldene Vogel. Dann hast Du alle vier Dinge beisammen. Nun aber schlaf erst einmal aus.«

Als Yen Chong am nächsten Morgen erwachte, war von dem Haus und von der freundlichen älteren Dame keine Spur mehr zu sehen und nichts mehr zu finden. Er tat jedoch, wie sie ihm gesagt hatte und kehrte mit den vier Dingen nach Hause zurück.

Der reiche Mann war fassungslos vor Staunen, mußte in die Heirat seiner Tochter mit dem häßlichen Jungen einwilligen und richtete schließlich ein prächtiges Hochzeitsfest aus.

Seit dieser Zeit leben die beiden glücklich zusammen, und weil das Glück von Yen Chong so groß ist, bemerkt auch niemand mehr seine Häßlichkeit.

Wie der Fuchs einmal hereinfiel

Den Fuchs kann kein Tier im Walde leiden, er ist böse und hinterhältig, treibt seinen Schabernack mit allen Tieren, täuscht sie und legt sie herein, wo er kann.

Lange Zeit war es keinem von ihnen gelungen, dem Fuchs seine Streiche heimzuzahlen. Dieses ärgerte den Affen und er dachte lange nach. Er legte seine Stirn kraus in Falten und faßte schließlich einen Plan.

Voller Freude hüpfte er vom Baum und erzählte seinen Plan sogleich dem Hasen, der unten im Grase sein Nest hatte. Die beiden machten aus, daß sie gemeinsam zum Fuchs gehen sollten. Der Hase sollte auf einer Anhöhe warten und das Geschehen aus sicherem Versteck verfolgen.

Als der Affe den Fuchs gefunden hatte, rief er schon von weitem:

»Ist das nicht ein wunderschöner Tag, lie-

ber Fuchs? Der Tag ist so schön, daß unsereinem nur noch eines zu seinem Glück fehlt.«

»Und was wäre dies?« fragte der Fuchs.

»Das ist natürlich ein guter Bissen, aber wir Affen haben ja kein Glück. Du bist schon besser dran, ja wenn Du's schlau anfängst, kannst Du sogar den besten Bissen in der ganzen Welt Dir holen.«

Bei diesen Worten spitzte der Fuchs die Ohren.

»Der beste Bissen von der Welt, das ist ja eine ganz interessante Sache, könntest Du mir da Näheres verraten?«

»Nun ja, ich habe die Sache auch erst heute früh vernommen«, antwortete der Affe. »Der beste Bissen in der ganzen Welt ist doch ein Stück Fleisch vom Hinterteil eines Pferdes. Es ist natürlich nicht so leicht zu kriegen, denn man muß eine List anwenden.«

»Und was wäre das für eine List?« fragte der Fuchs.

Der Affe flüsterte dem Fuchs ins Ohr: »Man muß seinen eigenen Schweif an den des Pferdes anbinden.«

»Und wie kann das geschehen?«

Der Affe blinzelte mit den Augen und meinte: »Das Geheimnis ist, daß man den eigenen Schwanz ziemlich straff an den Pferdeschwanz anbindet, denn wenn das Pferd losrennt, kommst Du ihm nicht nach, so aber muß das Pferd dich tragen und Du kannst dann schön in das saftige Fleisch beißen.«

Der Affe senkte bedeutungsvoll die Stimme und sagte zum Fuchs: »Ich will Dir gerne verraten, das Pferd liegt noch in tiefem Schlafe. Ich komme eben vorbei und habe es schnarchen hören.«

Der Fuchs hatte die Ohren gespitzt, aber je unruhiger er innerlich wurde, desto weniger Bewegung zeigte er nach außen. Er meinte nach einiger Zeit zum Affen: »Ich werde mir die Sache überlegen, wir können die ganze Angelegenheit ja noch mal später besprechen. Ich möchte Dich nur bitten, niemand davon zu unterrichten.«

Damit zog er seinen Schweif ein und machte sich geschwind aus dem Staube, schlau wie er war.

Der Affe wandte sich ebenfalls ab und verschwand bald hinter den Büschen. Als der

Fuchs sah, daß der Affe verschwunden war, kehrte er heimlich zurück und spähte nach dem Pferd aus. Bald fand er es, wie der Affe es geschildert hatte, und sah das Pferd in tiefem Schlafe liegen.

Heimlich schlich der Fuchs heran und knotete schnell seinen langen Schwanz an den Pferdeschweif.

Als seine Schnauze an das Hinterteil stieß, biß er einmal kräftig hinein. Das Pferd erschrak, sprang blitzschnell hoch und galoppierte los, weil es nicht wissen konnte, was da geschehen war. Der Fuchs hatte sich in dem guten saftigen Fleisch derart verbissen, daß er zuerst mitgeschleppt, dann aber bei dem Galopp abgeschüttelt wurde. Nun war sein Schweif aber an den Schwanz des Pferdes fest angebunden und so wurde der Fuchs auf seinem Rücken auf den steinigen Wegen durch den Staub geschleift.

»Au, au!« bellte er, »halt ein, au, au! Das ist ja schrecklich!«

Er wußte nicht, wie er sich schützen sollte. Sein schönes Fell, sein buschiger Schwanz, alles wurde durch den Staub gezogen.

Der Affe, der nicht sehr weit gegangen und auf einen Baum geklettert war, hatte das alles mit angesehen.

Als der Fuchs durch den Staub geschleift wurde, mußte er so lachen, daß er seinen Halt verlor, vom Baum herunterpurzelte und auf sein Hinterteil fiel, das rundum ganz rot wurde.

Der Hase auf seiner Anhöhe schüttelte sich ebenfalls vor Lachen und lachte so heftig, daß er einen Spalt in seiner Lippe bekam.

Auf diese Weise haben die Affen bis zum heutigen Tag ein rotes Hinterteil und die Hasen eine Scharte in der Oberlippe.

Die Pferde aber legen sich seither kaum zum Schlafe nieder und ruhen nur kurze Zeit am Boden, wenn sie müde sind. Die Füchse aber haben bis heute fleckige Zeichen am ganzen Fell und sogar manchmal am Schwanz. Das alles rührt von jenem Tage her, an dem der Fuchs mal hereingefallen war.

Der Kuhhirte und das Webermädchen

Vor langer, langer Zeit lebte einmal ein junger Mann, dessen Namen keiner mehr weiß. Er hütete die Kühe für andere, und daher kannte man ihn nur als den Kuhhirten. Er war sehr arm, denn seine Eltern starben schon, als er noch ein Kind war. So lebte er allein in einer kleinen strohgedeckten Hütte am Rande des Dorfes.

Eines Tages stand er sehr früh am Morgen auf, ging zu seinen Kühen und trieb sie hinaus. So lange er aber auch mit seinen Kühen dahinzog, an diesem Tag konnte er keine gute Weide für sie finden. Er zog weiter und weiter mit der Herde, weit vom Dorf entfernt und kam schließlich in ein abgelegenes Tal, das er nie zuvor gesehen hatte. Hier endlich lag neben einem murmelnden Bergfluß eine große Wiese mit schönstem saftigem Gras. Hier hielt er an mit seiner Herde und ließ seine Kühe weiden. Er setzte sich unter einen schattigen Baum, um sich endlich auszuruhen. Kurz vor dem Einschlafen hörte er plötzlich Stimmen und Gelächter. Er war erstaunt darüber, daß außer ihm selbst noch jemand in diesem stillen Tal zu finden sei, deshalb stand er sogleich auf, ging den Stimmen nach und sah bald einige Mädchen, die im Flusse badeten und sich vergnügten. Ihre Kleider hatten sie achtlos am Ufer abgelegt. Heimlich und leise schlich der Kuhhirte herbei, ergriff einige der Kleider und versteckte sie hinter einem Busch. Dann verbarg er sich selbst hinter einem Baum, wartete und beobachtete die Mädchen.

Der Herrscher aller Himmel und aller Elfen war einst der Jadekaiser. Er hatte sieben wunderschöne Töchter. Die jüngste wurde das Webermädchen genannt, denn sie konnte nicht nur herrliche Brokate weben, sondern sie arbeitete an ihrem Webstuhl auch am fleißigsten. Das Tuch, das sie wob, war so großartig in den Farben, daß man es mit den Wolken beim Sonnenaufgang verglich. Alle im Himmel sagten daher, das Webermädchen webte Wolkenbrokat.

Eines Tages sagten die sieben himmlischen Prinzessinnen zueinander: »Das Leben im Himmel ist etwas eintönig. Laßt uns hinuntersteigen zur Welt der Sterblichen, dort werden wir viel Spaß und Freude haben!«

So kamen sie alle sieben hinunter zur Erde und fanden bald tief in den Bergen ein stilles Tal, in dem kein Mensch zu Hause war. Sie rannten die Hügel auf und ab, sie versteckten sich hinter den Büschen, sie suchten einander, sie sangen und tanzten. Als sie vom vielen Laufen etwas erhitzt und auch schon müde waren, kamen sie an einen klaren und kühlen Bergfluß. Mit Jubelrufen zogen sie ihre Kleider aus und sprangen ins Wasser. Da nun sah sie der Kuhhirte, wußte aber nicht, daß es die sieben himmlischen Prinzessinnen waren.

Als die Prinzessinnen gebadet hatten, kamen sie eine nach der anderen aus dem Wasser, zogen ihre Kleider an und flogen zurück zum Himmel. Das arme Webermädchen aber hielt überall nach seinen Kleidern Ausschau, konnte sie aber nirgendwo finden. Schließlich begann es ganz hilflos zu weinen.

Da kam der Kuhhirte hinter seinem Baum hervor und sagte: »Du brauchst nicht zu weinen, ich weiß, wo Deine Kleider sind!«

»Oh, wenn Du es weißt, dann bring sie mir schnell!« bat inständig das Webermädchen.

»Das will ich gern tun, wenn Du mir versprichst, mich zu heiraten!«

Das Webermädchen konnte sich nicht helfen, und so versprach es, den Kuhhirten zu heiraten. Nach ihrer Hochzeit waren sie beide sehr glücklich. Der Kuhhirte vergaß sogar seine Kühe, denn er spielte den ganzen Tag mit dem Webermädchen. Desgleichen rührte das Webermädchen keinen Webstuhl mehr an, denn es spielte und vergnügte sich den ganzen Tag mit dem Kuhhirten.

Dies alles hatte der Jadekaiser vom Himmel aus mit angesehen. Eines Tages war er zum Geburtstag bei der Göttin Wang-mu eingeladen und wollte gern als Geschenk ein neues Kleid mitbringen. Er sandte einen Boten zu dem Webermädchen hinunter auf die Erde und bat es um etwas Wolkenbrokat. Da nun das Webermädchen seit langer, langer Zeit keinen Webstuhl mehr berührt hatte, konnte es auch dem Jadekaiser keinen Brokatstoff schicken. Als dies der Jadekaiser vernahm, wurde er sehr zornig und rief mit lauter Stimme, so daß es durch den Himmel und über die Erde hallte: »Vor Eurer Heirat seid Ihr beide fleißig gewesen und habt gut gearbeitet, seit Ihr verheiratet seid, lebt die Faulheit bei Euch. Der Kuhhirte hütet keine Kühe mehr und das Webermädchen hat zu weben aufgehört. Weil Ihr so faul geworden seid, will ich Euch strafen! Ihr sollt einander nie wiedersehen!«

Und so setzte der Jadekaiser die beiden am Himmelszelt an den Himmlischen Fluß, den Kuhhirten auf die eine Seite, das Webermädchen auf die andere Seite.

Der Himmlische Fluß war so breit, daß keine Brücke über ihn gebaut war. Der Kuhhirte und das Webermädchen guckten sich fast die Augen aus, um wenigstens einander von Ufer zu Ufer sehen zu können. Wie sehr sie sich aber auch anstrengten, sie konnten einander nicht einmal mehr erkennen. Mit Tränen in den Augen und mit vielen Seufzern saß nun der Kuhhirte bei einer Herde am Himmlischen Fluß und das Webermädchen an einem Webstuhl.

Fast ein Jahr war schon vergangen und sie hatten sich immer noch nicht gesehen. Beide wurden liebeskrank, und beide konnten weder essen noch schlafen. Als einmal eine Elster sich hinauf in die Wolken verirrte und die Tränen der beiden sah, mußte sie selbst weinen und bejammerte das Los der beiden. Bald kamen andere Elstern geflogen; alle bekamen Mitleid mit den beiden Liebenden. Sie streckten die Köpfe zusammen und heckten einen Plan aus, den beiden zu helfen.

Am siebten Tag des siebten Monats begannen die Elstern sich am Himmlischen Fluß zu versammeln. Tausende kamen, Abertausende, ja, es kamen Millionen. Keiner von ihnen wußte, wie viel es überhaupt waren. Jede Elster legte ihren Flügel auf das Federkleid einer anderen, und so formten sie eine lange, lange Brücke, die von der einen Seite des Himmlischen Flusses zur anderen führte.

So war eine dichte und feste Brücke aus Vogelflügeln entstanden. Über diese Brücke schritten nun der Kuhhirte und das Webermädchen und konnten sich an diesem Tag in der Mitte über dem Himmlischen Fluß treffen.

Seit dieser Zeit kommen in jedem Jahr am Abend des siebten Tages des siebten Monats alle Elstern der Erde zusammen, fliegen zum Himmlischen Fluß und bauen eine Brücke für den Kuhhirten und das Webermädchen. Einmal im Jahr können die beiden Liebenden auf diese Weise sich sehen und treffen. Dieser Abend wurde bekannt als der »Abend der Siebenten«. Seit dieser Zeit bringen die Mädchen auf der Erde Früchte und Blumen als Opfergabe für das Webermädchen dar, beten zu ihm und bitten es, ihnen Klugheit und Geschicklichkeit beim Weben und bei allen Arbeiten mit Faden und Nadel zu geben.

Wenn an warmen Sommerabenden die Menschen zum Himmel sehen und die Milchstraße entdecken, dann zeigen sie heute noch zum Himmel hinauf und sagen: »Dies ist der Himmlische Fluß. An einer Seite sieht man den Kuhhirten und auf der anderen Seite das Webermädchen.«

Der wunderbare Birnbaum

Es war einmal einmal ein Bauer, der im Herbst viele Birnen auf seinen Wagen lud und zu Markte fuhr. Die Früchte waren goldgelb und süß und wohlschmeckend, und so konnte er hoffen, einen guten Preis für sie zu erzielen. Als er sie nun auf dem Markte zum Verkaufe anbot, kam ein Mönch des Weges mit einer zerschlissenen Kutte und einer geflickten Kappe.

Da Mönche kein Geld haben, bat der heilige Mann den Bauern um eine seiner schönen Birnen. Der Bauer aber winkte ab und wollte ihm keine Birne geben. Der Mönch jedoch blieb stehen und hielt bittend seine Hand auf. Schließlich wurde der Bauer zornig und begann den Mönch zu verwünschen.

Aber der heilige Mann sagte nur: »Du hast Hunderte von Birnen auf Deinem Wagen, ich frage doch nur um eine einzige. Das macht

Dir nichts aus und macht Dich nicht arm. Warum wirst Du gleich so zornig?«

Die Umstehenden gaben schließlich dem Bauern ein Zeichen und baten ihn, er möge dem Mönch wenigstens eine seiner kleinen Birnen geben und ihn damit zufriedenstellen.

Aber der Bauer war dickköpfig und wollte dies nicht tun.

Ein Kaufmann hatte aus seinem Laden nebenan die ganze Sache mit angesehen, ihn störte auch der Lärm, und so nahm er eine Münze, kaufte die Birne und gab sie dem Mönch.

Der Mönch dankte ihm und meinte: »Unsereiner, der die Dinge dieser Welt hinter sich gelassen hat, kennt keinen Geiz. Nun habe ich auch viele schöne Birnen, und nun kann ich Euch alle einladen, diese mit mir zu essen.«

Die Umstehenden staunten, und schließlich sagte einer aus der Menge: »Wenn Du selbst Birnen hast, warum ißt Du dann nicht Deine eigenen und kommst hierher?«

Der Mönch antwortete: »Ja, zuerst brauche

ich natürlich Samen, um einen Birnbaum pflanzen zu können.« Mit diesen Worten begann er die Birne vor den Augen aller Zuschauer mit großem Genuß und beachtlichem Schmatzen zu essen. Als er damit fertig war, nahm er einen Samen in die Hand und erbat sich die Spitzhacke von einem der Umstehenden, machte damit ein großes Loch in den Boden, legte den Samen hinein und deckte alles wieder schön mit Erde zu.

Schließlich bat er die Leute in den Markthallen um einen Kessel Wasser, und einige Neugierige brachten ihm zugleich auch aus der nahen Teestube einen großen Kessel voll warmen Wassers.

Die Leute rückten zusammen und beobachteten gespannt, was nun geschehen solle. In wenigen Augenblicken sah man an der Stelle, an der der Mönch den Samen in den Boden versenkt hatte, einen Schößling aus der Erde brechen. Das kleine Pflänzchen wuchs und wuchs, wurde schließlich zu einem Baum mit starkem Stamm, dicken Ästen und vielen saftiggrünen Blättern. Der Baum begann zu blühen, die ersten Früchte erschienen, es wurden immer mehr, sie reiften, wurden gelb, goldgelb, und schließlich hingen große wohlschmeckende Birnen an den Zweigen. Behend kletterte der Mönch auf den Baum und händigte Birne nach Birne zu den Untenstehenden hinunter.

In wenigen Minuten waren alle Birnen aufgegessen. Der Mönch rutschte wieder den Stamm hinunter, nahm die Axt und begann sofort, den Baum zu fällen. Mit wenigen gezielten Axthieben hatte der Mönch sein Werk getan, und der Baum fiel.

Der Mönch fing den Stamm mit seiner Schulter auf, nahm ihn auf die rechte Schulter und wanderte merkwürdig leichtfüßig von Markthalle zu Markthalle und strebte dem Stadttor zu.

Der Bauer mit seinen Birnen hatte sich auch unter die Zuschauer gemischt. Er renkte sich fast den Hals aus vor lauter Neugierde und schaute sich fast die Augen aus dem Kopf und hatte alles genau mitverfolgt. Erst als der Mönch verschwunden war, drehte er sich wieder um und wandte sich seinem Wagen mit den Birnen zu.

Was war das? Alle seine Birnen waren verschwunden, und er sah: auch die Achse seines Wagens fehlte. Der Wagen war in sich zusammengebrochen.

»Sollte etwa...« Dem Bauern stieg ein eigenartiger Verdacht in den Kopf. Mit einem Mal begann er zu rennen und schrie: »Meine Birnen, meine Birnen, meine Achse, meine Achse, meine Wagenachse!«

Wie er auch rannte und wie er auch schrie, der Mönch war längst durch das Stadttor verschwunden und war nirgends mehr zu sehen.

Außerhalb des Stadttores fand der Bauer tatsächlich seine Wagenachse, und als er dann wieder zum Markte zurückkehrte, hatten sich die Neugierigen in einem großen Kreis um seinen Wagen versammelt und lachten sich die Bäuche voll über die Strafe, die der Mönch dem Bauern für seinen Geiz zugedacht hatte.

Der Frosch, der Kaiser wurde

Es lebten einmal ein Mann und eine Frau, die hatten zuviel zum Sterben und zuwenig zum Leben. Der Mann war gezwungen, seine Heimat zu verlassen und irgendwo anders nach Arbeit sich umzusehen. Aber die Frau war schwanger, ein Kind war unterwegs.

Bevor er Abschied nahm, umarmte er seine Frau zärtlich und schaute lange in ihre Augen. Dann gab er ihr die letzten wenigen Silberstücke, die er hatte und sagte: »Wenn das Kind erst geboren ist, ob es nun ein Mädchen oder ein Junge ist, dann setze alles daran und ziehe es auf. Wir beide sind zu arm, daß wir für uns nichts mehr hoffen können, aber vielleicht wird unser Kind einmal in der Lage sein, uns zu helfen und uns im Alter zu unterhalten.«

Drei Monate nach der Abreise ihres Mannes kam die Frau nieder. Das Kind, das sie gebar, war weder ein Mädchen noch ein Junge, es war ein Frosch.

Der armen Mutter wollte fast das Herz zerspringen und sie weinte bitterlich. »Ein Wasserwesen, kein Kind«, rief sie, »und wir hatten doch unsere Hoffnung darauf gesetzt, daß es uns in unseren alten Tagen einmal bessergehen könnte, wenn wir ein Kind hätten, und wie kann ich nun den Leuten unter die Augen treten?« Zuerst dachte sie daran, den Frosch aus dem Weg zu räumen, aber sie wagte es nicht zu tun. Sie wollte ihn doch großziehen, fürchtete sich aber vor dem Gerede der Nachbarn. Als sie über die Sache nachdachte, erinnerte sie sich an die Worte ihres Mannes, bevor er wegging, und sie beschloß, den Frosch am Leben zu lassen und ihn unter dem Bett zu verbergen. Auf diese Weise würde niemand erfahren, daß sie einen Frosch geboren hatte.

Im Laufe der nächsten zwei Monate wurde der Frosch aber so groß, daß sie ihn nicht länger unter dem Bett verborgen halten konnte, und eines Tages sprach er gar mit menschlicher Stimme zu ihr.

»Mutter«, sagte er, »mein Vater kommt heute nacht zurück, ich will ihm schon entgegengehen und am Wegesrand auf ihn warten.«

Und in der Tat, der Mann wollte in dieser Nacht nach Hause kommen. Als er eintrat, fragte seine Frau ihn ängstlich: »Hast Du unseren Sohn gesehen?«

»Wo, wo ist mein Sohn?«

»Er wartete auf Dich an der Straße. Hast Du ihn nicht gesehen?«

»Nein, ich sah niemanden«, antwortete der Mann überrascht, »alles, was ich sah, war ein ekelhafter Frosch, der mich sehr erschreckte.«

»Und dieser Frosch war Dein Sohn«, sagte die Frau und weinte.

Als der Mann nun hörte, daß die Frau einen Frosch geboren hatte, war er sehr sehr betrübt.

»Und warum hast Du gesagt, er soll mir entgegengehen?« fragte er, »das war doch eine sehr merkwürdige Sache.«

»Was soll ich ihm erzählt haben? Nein, er ging weg ohne, daß ich ihn fragte oder ihm etwas sagte. Plötzlich sagte er mir, Du kämest heute nacht zurück und er wolle hinausgehen, um Dich schon draußen auf der Straße zu treffen.«

»Dies ist ja recht merkwürdig«, dachte der Mann und seine Miene erhellte sich, »kein Mensch wußte, daß ich heute nacht komme, aber er hat es gewußt. Ruf ihn sofort herein«, sagte der Mann, »die Nacht ist kalt, und er könnte sich erkälten.«

In dem Augenblick, als die Mutter die Tür öffnete, hüpfte auch schon der Frosch herein. Er hüpfte hinüber zu seinem Vater, der ihn fragte: »Warst Du es, der an der Straßenecke saß?«

»Ja«, sagte der Frosch, »ich habe auf Dich gewartet, Vater.«

»Und wie konntest Du wissen, daß ich heute nacht zurückkomme?«

»Ich weiß alles unter den Sternen«, sagte der Frosch, »alles, was auf Erden vor sich geht.«

Vater und Mutter erschreckten sich sehr bei diesen Worten, aber sie hörten verwundert zu, als der Frosch ihnen sagte: »Unser

Land ist in großer Gefahr. Wir können den Feinden nicht mehr widerstehen. Ich möchte, Vater, daß Du mich zum Kaiser bringst, denn ich muß unser Land retten.«

»Wie kann das sein!« rief der Vater aus. »Erstens hast Du kein Pferd, zweitens hast Du keine Waffen und drittens bist Du noch nie auf einem Schlachtfeld gewesen. Wie willst Du denn den Feind bekämpfen?«

Der Frosch aber sagte ganz ernst: »Bring mich nur dorthin, ich will den Feind niederkämpfen, ich fürchte mich nicht.«

Der Vater konnte den Frosch nicht umstimmen, und so nahm er seinen Froschsohn auf den Rücken und wanderte mit ihm zur Hauptstadt, um beim Kaiser vorgelassen zu werden. Nach zwei Tagesreisen kamen sie dort an, und der Vater sah, daß am Königspalast ein Befehl angeschlagen war. Dort stand geschrieben: »Die Hauptstadt selbst ist bereits in Gefahr, mein Land ist von Feinden überschwemmt. Ich bin gewillt, meine Tochter dem Manne zu geben, der die Feinde besiegen und unser Land befreien kann.«

Der Frosch machte einen Satz, hüpfte auf,

riß mit seinem Maul das Dekret herunter und verschlang es mit einem einzigen Schluck.

Der Soldat, der den Palast bewachte, geriet in die allergrößte Aufregung. Wie konnte nur ein Frosch sich unterstehen, eine solche Aufgabe zu übernehmen. Jedoch, er hatte gesehen, wie der Frosch die Ankündigung verschluckt hatte, und so mußte er ihn in den Palast bringen. Der Kaiser fragte ihn sogleich, ob er denn die Mittel und die Fähigkeit habe, den Feind auch zu bekämpfen.

Der Frosch antwortete: »Ja, Majestät, ich habe die Mittel und die Fähigkeit dazu.«

Dann fragte ihn der Kaiser, wieviel Männer und wieviel Pferde er dazu brauche.

»Ich brauche nicht ein einziges Pferd und keinen einzigen Mann«, antwortete der Frosch. »Alles was ich brauche, ist eine große Menge glühender Asche.«

Der Kaiser ließ sofort in großen Kesseln heiße glühende Asche bringen und vor den Frosch hinstellen. Aus der glühenden Asche stiegen noch flackernde Flammen in die Luft, und die Hitze war sehr groß. Der Frosch saß davor und fraß drei Tage und drei Nächte diese Flammen von der Asche, ein Maul voll nach dem anderen. Er verschluckte soviel von den Flammen, daß sein Bauch groß und rund wurde wie die Blase eines großen Ochsen voll von Fett.

Die Stadt war in der Zwischenzeit noch mehr in Bedrängnis geraten, denn der Feind stand schon unmittelbar vor den Mauern. Der Kaiser verging fast vor Ungeduld, der Frosch aber saß ruhig vor der Asche und verschluckte langsam eine Flamme nach der anderen. Erst als der dritte Tag zu Ende gegangen war, erhob er sich, hüpfte auf die Stadtmauer und schaute in die Runde.

»Nun Frosch«, fragte ungläubig der Kaiser, »wie willst Du diese Feinde alle zurückschlagen?«

»Nun, das ist einfach«, antwortete der Frosch, »gib Deinen Truppen Befehl, ihre Bogen niederzulegen und ihre Pfeile von den Sehnen zu nehmen, und befiehl, das Stadttor zu öffnen.«

Der Kaiser wurde aschfahl bei diesen Worten.

»Was, ich soll den Feind in die Stadt lassen, ihm das Tor öffnen? Bist Du gekommen, um mit mir zu scherzen?«

»Eure Kaiserliche Hoheit haben mich gebeten, den Feind zurückzuschlagen«, sagte der Frosch, »und das werde ich tun, deshalb müßt Ihr meinen Worten auch gehorchen.«

Der Kaiser war hilflos. Er befahl seinen Soldaten, die Bogen niederzulegen, die Pfeile von den Sehnen zu nehmen und das Stadttor zu öffnen. Sobald das Tor geöffnet war, strömten die Soldaten des Feindes in die Stadt. Der Frosch aber saß geradewegs über dem Torturm, als sie unter ihm durchmarschierten und hindurchstürmten, spuckte er langsam und ohne Bewegung eine Flamme nach der anderen auf sie herunter, verbrannte zahllose Männer und Pferde, so daß der Feind bald in großer Unordnung zu fliehen begann.

Der Kaiser war überglücklich vor Freude, als er sah, daß der Feind geschlagen war. Er ernannte den Frosch zum General und ordnete an, daß der Sieg mehrere Tage lang gefeiert werden sollte. Aber von der Prinzessin sagte er nichts. Und um die Wahrheit zu sagen, er hatte nicht die geringste Absicht, seine Tochter mit dem Frosch zu verheiraten.

»Natürlich kann ich eine solche Sache nicht tun«, sagte er zu sich selbst. Und obwohl er seine Tochter in keiner Weise gefragt hatte, ließ er in der Stadt bekanntmachen, es sei die Prinzessin, die den Frosch nicht zum Mann haben wolle.

»Sie muß irgendeinen anderen heiraten«, sagte er. Aber es war guter Rat teuer, wen sollte sie denn heiraten? Wen kannte sie denn, und wer war ihrer würdig?

Schließlich dachte sich der Kaiser. »Einerlei, es kann jeder kommen und um sie freien, nur, ein Frosch als Schwiegersohn, das ist ausgeschlossen.«

Er ließ ausrufen, daß seine Tochter den zum Manne nehmen werde, der bei dem großen Fest den gestickten Ball mit seiner Hand auffangen könne. Diese Neuigkeit verbreitete sich alsbald im ganzen Land, und in wenigen Tagen war die Stadt in Aufruhr. Viele Männer kamen von nah und fern, um ihr Glück zu versuchen und auch anderes Volk, Neugierige, strömten in die Hauptstadt.

Der Tag des großen Spieles kam. Auch der Frosch war da, er saß unbemerkt an einer Ecke des großen Platzes vor dem Schloß, an dem die größten Menschenmassen zusammengeströmt waren.

Ein festlich geschmückter Pavillon von beachtlicher Höhe war aufgebaut worden. Der Kaiser führte die Prinzessin und einen großen Zug von Kammerzofen an, alle waren in Scharlach und in Grün gekleidet, und führte sie zu ihren Sitzen oben auf dem Balkon des Pavillons.

Bald nahte der entscheidende Augenblick. Die Prinzessin hob den Ball in die Luft und warf ihn in die Menge. Die Massen sprangen auf, schrien, wirbelten durcheinander und jeder versuchte den Ball zu fangen, aber der Frosch zog nur einmal kräftig die Luft ein und hatte auch schon den Ball verschluckt.

Nun, jetzt konnte die Prinzessin nicht mehr anders, sie mußte den Frosch heiraten. Der Kaiser aber war damit nicht einverstanden.

»Ein gestickter Ball, von einer Prinzessin geworfen«, erklärte er, »kann nur von einer

menschlichen Hand aufgefangen werden. Kein anderes Lebewesen kann dies tun.«

Er befahl der Prinzessin, den Ball erneut zu werfen. Diesmal war es ein junger schmukker Bursche, der den Ball auffing.

»Dies ist der Mann«, rief der erfreute Kaiser, »dies ist mein künftiger Schwiegersohn.«

Ein aufwendiges Fest wurde gefeiert und mehrere Tage war die Stadt außer sich vor Freude.

Der junge schmucke Bursche war aber niemand anderes als der Frosch.

Erst in der Hochzeitsnacht aber verwandelte er sich zurück in seine ursprüngliche Gestalt, und dies auch erst am frühen Morgen. Am Tag war er dann wieder ein Frosch, aber in der Nacht legte er seine grüne Haut ab und verwandelte sich in einen schmucken jungen Burschen.

Die Prinzessin konnte aber das Geheimnis nicht bei sich bewahren und eines Tages offenbarte sie ihrem Vater, dem Kaiser, was sich in jeder Nacht zutrug.

Der Kaiser ließ daraufhin seinen Schwiegersohn zu sich kommen und fragte ihn: »Ich höre, Du verwandelst Dich jede Nacht in einen jungen schmucken Burschen. Warum legst Du denn nicht auch am Tage diese schreckliche Froschhaut ab?«

»Verehrter Vater«, antwortete der Frosch, »diese meine Haut ist kostbar. Wenn ich sie im Winter trage, ist mir warm darin und ich friere nicht. Im Sommer ist sie angenehm kühl. Gegen Wind und Regen bin ich ebenfalls geschützt und die stärkste Flamme kann mich nicht versengen. Solange ich die Haut trage, kann ich Tausende von Jahren noch leben.«

»Laß sie mich einmal anprobieren«, bat etwas drängend der Kaiser.

»Natürlich, mein Vater«, antwortete der Frosch und zog die Froschhaut aus.

Der Kaiser lachte selbstgefällig. Er zog seinen drachenbestickten Kaisermantel aus und stülpte sich die Froschhaut über, aber was er auch begann, er konnte sie nicht mehr loswerden. Und so zog der Frosch nun das Kaisergewand über und wurde Kaiser von China. Sein Schwiegervater aber blieb für immer ein Frosch.

Der habgierige Kanzler

Eines Tages fand ein Schuljunge ein Ei auf der Straße. Es war ein hübsches Ei, nicht zu groß, nicht zu klein, aber man konnte nicht erkennen, ob es ein Ei von einem Vogel, von einer Henne oder von einer Schlange war. Der Junge hob es auf, wickelte es in ein seidenes Tüchlein, steckte es in die Tasche und nahm es mit nach Hause.

Einige Tage später klappte sanft das Ei auf und eine kleine dünne Schlange kroch hervor. Der Junge spielte mit der Schlange den ganzen Tag, paßte auf sie auf und gewann sie allmählich sehr lieb. Die Schlange ließ sich alles gern gefallen und kroch selbst in die Hosen- und Jackentaschen des Jungen, so daß er die Schlange sogar mit in die Schule nehmen konnte.

Die Tage gingen schnell vorbei und auch eine Schlange wird größer und größer mit jedem Tag. Sie bekam eine schöngemusterte

Haut, starke Zähne und wuchs allmählich zu einer ansehnlichen großen und langen Schlange heran, so daß er sie auch nicht mehr mit in der Schule nehmen konnte.

Als der Junge seine Schulzeit beendet hatte, galt es für ihn, in die Hauptstadt zu wandern, denn nur dort konnte er die Prüfungen ablegen. Dorthin konnte er aber seine große Schlange nicht mit sich nehmen.

Als er das Haus verließ, sagte er zu ihr: »Ich habe all die Jahre gut für Dich gesorgt, kannst Du mir vielleicht zum Abschied ein kleines Geschenk machen?«

Die Schlange hob den Kopf und spie plötzlich eine große Perle auf die Hand des Jungen. Die Perle strahlte so heftig, daß man die Hand vor die Augen halten mußte. Wenn man sie gegen die Sonne hielt, wurde man von ihr sogar geblendet. Es war ein unvergleichlicher Schatz, den der Junge nun in der Tasche trug. Er war sehr erfreut und dankte der Schlange überschwenglich. Damit brach er auf in die Hauptstadt.

Bei den Prüfungen belegte er einen der ersten Plätze und wurde auf diese Weise ein berühmter Gelehrter. Sein Ziel war es jedoch, einen hohen Beamtenposten zu ergattern und so dachte er im stillen bei sich:

»Ich könnte ja meine Perle dem Kaiser verehren, das wird mir helfen, wenn er die hohen Posten in seinem Reiche besetzt.«

Der Kaiser war von der Perle so entzückt, daß er den jungen Mann sofort zu seinem Kanzler machte.

Nun hatte der junge Mann alles, was er wollte, nur seine Perle hatte er nicht mehr. Eines Tages nahm er daher für einige Zeit Urlaub vom Kaiser und brach auf zu seinem Heimatort.

Die Schlange war inzwischen in die Hügelwälder gekrochen, war zu einer Riesenschlange herangewachsen und konnte mit einem einzigen schnellen Biß einen erwachsenen Mann verschlucken.

Als nun der Kanzler auf seinem Heimweg in die Hügelwälder kam, roch die Schlange Menschenfleisch und kroch heimlich herbei. Als sie ihren ehemaligen Herrn aber daherkommen sah, machte sie auf sich aufmerksam, kam bis an den Weg heran und ver-

beugte sich höflich vor dem Kanzler. Dieser begrüßte sie sehr schmeichelhaft und erbat von ihr nochmals eine Perle.

Die Schlange, die die Wandlung des jungen Mannes sehr wohl bemerkt hatte, hob ihren Kopf, riß ihr Maul auf, so daß der Kanzler meinte, sie speie gleich wieder eine Perle aus, trat etwas vor und machte die Hand auf. Mit einem Satz aber hatte ihn die Schlange gepackt, biß zu und verschluckte den habgierigen Kanzler.

Der überführte Bootsmann

Ein Kaufmann in einer Kleinstadt richtete einmal eine größere Geschäftsreise aus und wollte mit allerlei Waren auf dem Großen Kanal viele Meilen weit in den Norden des Landes reisen, um in den dortigen Dörfern und Städten gute Geschäfte zu machen.

Er belud sein geräumiges Boot und wartete dann nur noch auf seinen Diener, der ihm einige persönliche Dinge zum Schiff bringen sollte. Es vergingen einige Stunden, aber der Diener kam nicht. In dieser Zeit überlegte sich der Bootsmann, daß er an diesem einsamen und abgelegenen Hafenplatz sich sehr leicht des Kaufmanns entledigen und sich selbst in den Besitz der Waren setzen könnte.

Er spähte aus, sah keinen Menschen weit und breit, stieß dann von hinten den Kaufmann von der Kante des Bootes aus ins Wasser und ließ ihn jämmerlich ertrinken.

Schnell schleppte dann der Mörder all die Waren in sein nahe gelegenes Haus und begab sich dann zum Hause des Kaufmanns. Er klopfte ans Tor und fragte, warum der gnädige Herr nicht zum Boot komme.

Die Frau des Kaufmanns schickte daraufhin Boten aus, die nach ihrem Manne suchen sollten, denn sie wußte es genau: Er war vor geraumer Zeit schon zu seinem Boot gegangen. Niemand von den Dienern aber fand auch nur die geringste Spur von dem Kaufmann. Daraufhin befragte sie den Diener ihres Mannes, der aber nach seiner Ankunft an dem Ankerplatz keinen Menschen dort vorgefunden hatte.

Die Familie des Kaufmanns brachte die Angelegenheit schließlich vor die städtischen Behörden, diese gaben die Sache weiter an das Amt des Kreises und an die dortigen Beamten. Alle Befragungen aber brachten kein Ergebnis, man tappte völlig im dunkeln.

Als der Fall schließlich vor den zuständigen Richter kam, schickte dieser alle Leute aus seinem Amtszimmer, alle, aber nicht die

Frau des Kaufmanns. Diese befragte er peinlich genau nach dem Ablauf der Ereignisse und wollte von ihr vor allem wissen, wann der Bootsmann gekommen war und was er genau gesagt hatte.

Die Frau überlegte eine Weile scharf und sagte dann zu dem Richter: »Mein Mann war schon eine geraume Zeit aus dem Haus gegangen, als der Bootsmann bei uns eintraf. Er klopfte an die Tür und rief: ›Gnädige Frau, warum ist Ihr Mann denn nicht zum Boot gekommen? Ich warte schon so lange auf ihn!‹ Das hat er von draußen gerufen.«

Der Richter schickte nun die Frau vor die Tür und ließ den Bootsmann rufen, dessen Aussage nun haargenau mit dem Bericht der Frau übereinstimmte. »Da haben wir es«, sagte der Richter mit einem feinen Lächeln. »Der Kaufmann wurde umgebracht und Du bist der Mörder. Du hast selbst eben ein Geständnis abgelegt.«

»Welches Geständnis denn?« fuhr lauthals der Bootsmann auf.

»Als Du an die Pforte des Kaufmanns klopftest, sprachst Du nur seine Frau an, aber nicht ihn. Er hätte doch zu Hause sein müssen! Du konntest nicht sehen, wer hinter dem Tore war. Du warst Dir aber ganz sicher, ja man kann sagen, Du warst so sicher wie nur ein Mörder sein kann. Wie anders hättest Du es denn wissen können?«

Der überführte Bootsmann gestand nun alles, war seiner Tat überführt und wurde sogleich verhaftet.

Der Kochtopf des reichen Mannes

Vor langer Zeit lebte einmal ein armer Bauer, der lieh sich von seinem reichen Nachbarn einen großen Kochtopf. Nach wenigen Tagen ging er zu seinem Nachbarn und rief freudestrahlend: »Herzlichen Glückwunsch, Dein großer Kochtopf, den ich von Dir geborgt habe, hat einen Sohn bekommen.«

»Was«, rief der Nachbar, »das kann ich Dir nicht glauben.«

Der arme Mann zog aus dem Korb, den er mitgebracht hatte, ein kleines Töpfchen hervor und zeigte es seinem Nachbarn.

Der Nachbar dachte, der Bauer glaubt wohl, ich sei dumm und blöde, aber ich werde ihn schon reinlegen. Und so antwortete er: »Das ist wirklich ein hübsches Kind. Man kann ganz genau sehen, die Ähnlichkeit mit der Mutter ist unverkennbar. Paß gut auf die Mutter auf, dann bekommt sie vielleicht noch mehr Kinder.« Mit diesen Worten nahm er den kleinen Topf dem Nachbarn weg und stellte ihn bei sich auf den Tisch und er meinte bei sich, auf diese Weise könne er vielleicht noch mehrere kleine Töpfe von dem armen Bauern bekommen.

Einige Tage später kam der Arme wieder zu seinem reichen Nachbarn und sagte traurig, als er in die Tür trat: »Ein echter Trauerfall: Die Mutter des kleinen Topfes ist heute früh gestorben.«

»Das ist Unsinn«, schrie der Nachbar, »das ist überhaupt nicht möglich!«

»Warum nicht?« fragte der arme Mann, »wenn sie einen Sohn zur Welt bringen kann, so kann sie doch auch sterben.«

Sein Nachbar erkannte wohl, daß er hereingelegt worden war. Aber er wollte auf jeden Fall seinen schönen großen Kochtopf wiederhaben und sagte dann verschmitzt:

»Wenn mein Topf gestorben ist, so kannst du mir ja den Leichnam zurückbringen.«

»Tut mir sehr leid«, sagte der Arme, »ich habe die Tote bereits in meinem Garten begraben.«

»Und wie kannst Du so etwas machen ohne meine Einwilligung?« fragte sein Nachbar.

»Genau auf die gleiche Weise, wie Du ohne meine Einwilligung vor einigen Tagen mir den Sohn weggenommen hast.«

Der reiche Mann erkannte, daß der arme Bauer ihn nun wirklich angeführt hatte, und er mußte stillschweigen und konnte kein Wörtchen den Leuten im Dorf davon erzählen. Denn hätte er dies getan, so hätten sie sich die Bäuche gehalten vor Lachen über ihn.

Und so behielt der Arme den großen schönen Kochtopf des reichen Nachbarn und erfreute sich noch lange Zeit an ihm.

General Li

In einer unwegsamen chinesischen Gebirgsgegend pflegte zu seiner Zeit der berühmte General Li zu jagen. Die Bewohner dieser rauhen Bergwelt kannten ihn gut, befreundeten sich mit ihm und ließen ihn bei sich übernachten, wenn er zu später Stunde nicht mehr in die Hauptstadt zurückkehren wollte.

Eines Tages jedoch verirrte er sich auf der Jagd und fand schließlich im Dunkeln ein mächtiges Haus, das von einem riesigen Park umgeben war. General Li war hier noch nie gewesen, schlug an die dumpfdröhnende Gartenglocke und wurde kurz darauf von einem zierlichen Dienstmädchen vor die Herrin des Hauses geführt. Die Dame, ganz in Schwarz gekleidet, empfing ihn huldvoll. »Sie können bleiben, wenn Sie um Mitternacht großer Lärm in diesem Haus nicht stört.«

General Li meinte, er habe einen guten Schlaf und so leicht wache er nach dieser anstrengenden Jagd nicht auf.

Mit tiefer Verbeugung und vielen Worten des Dankes sagte der General der hochvornehmen Dame gute Nacht und zog sich alsbald in die ihm angewiesenen Gemächer zurück. Von Neugierde gekitzelt, blieb der General wach, und selbst seine bleierne Müdigkeit wurde vollends verscheucht, als gegen Mitternacht es an allen Türen pochte und im Saal sich lautes Stimmengewirr erhob. General Li richtete sich in seinem Bette auf und horchte angespannt. Aus den Worten, die im Saal gesprochen wurden, konnte er jedoch keinen Sinn entnehmen, so gewitzt er auch war. Da klopfte es an seine Tür, und die Herrin des Hauses erschien mit ihrem ganzen Gesinde.

»Helfen Sie mir, General Li, ich bin in großer Not. Sie müssen wissen, Sie befinden sich hier im Hause der Drachen.«

General Li verschlug es die Sprache. Die Dame aber fuhr weiter: »Eben ist Botschaft vom Himmel angekommen mit der Weisung, meine beiden Söhne sollen sofort in mehreren Landstrichen Chinas Regen machen. Eine große Trockenheit bedroht das Land.«

Die Dame war ganz aufgeregt und sagte weiter:

»Meine beiden Söhne sind nicht nach Hause gekommen, diese Rangen, der Himmelsherr wird sie schwer dafür bestrafen, wenn die Ländereien verdorren.«

General Li machte ein Gesicht wie ein Schuljunge vor einer Prüfung, als die Dame ihn bat, ihr aus dieser Zwickmühle zu helfen und heute nacht noch den Wettermacher zu spielen.

»Gnädige Frau,. wie kann ich auch nur einen Tropfen Regen zustande bringen, ich, ein armer General!«

Beschwichtigend meinte die Dame:

»Sie brauchen nur dieses Zauberroß zu besteigen und schon trägt es Sie durch die Lüfte. Nehmen Sie dieses Fläschchen mit Himmelswasser mit und spritzen Sie über jedem dürren Tal ein Tröpfchen nach unten!«

Bangen Herzens bestieg der General das

Zauberroß. Der Hengst jedoch griff tüchtig aus und bald schon schwebten sie über den verdurstenden Flächen und Tälern. Eifrig spritzte der General in jedes Flußtal ein Tröpfchen, wie ihm aufgetragen. Da sah er plötzlich die Hütten seiner Freunde in jener Berggegend, in der er meist zu jagen pflegte.

»Endlich kann ich mich dankbar erweisen«, dachte Li und spritzte zwanzig Tropfen nach unten.

»Wang wird Augen machen, wenn seine Melonen wachsen, so rund und dick wie der Vollmond am Himmel«, freute sich Li.

Befriedigt und mit geschwellter Brust ritt der General zum Hause der Drachen zurück. Weinend und wehklagend empfing ihn dort die Dame mit ihrem Gesinde.

»General, Sie haben eine Sintflut über eine ganze Provinz gebracht, was haben Sie angerichtet? Nehmen Sie schleunigst Reißaus, ehe meine Söhne zurückkehren.«

Der General nahm eiligst Abschied und hörte bald, daß Wang und alle seine Freunde elendig ertrunken seien. Seit dieser Zeit nahm General Li nur solche Leute in seine

Dienste, die gelernt hatten, genauestens auf seine Worte zu hören.

»Es ist ein großer Unterschied zwischen einem und zwanzig Tropfen«, pflegte General Li zu sagen , der später zum engsten Freundeskreis des Kaisers gehörte.

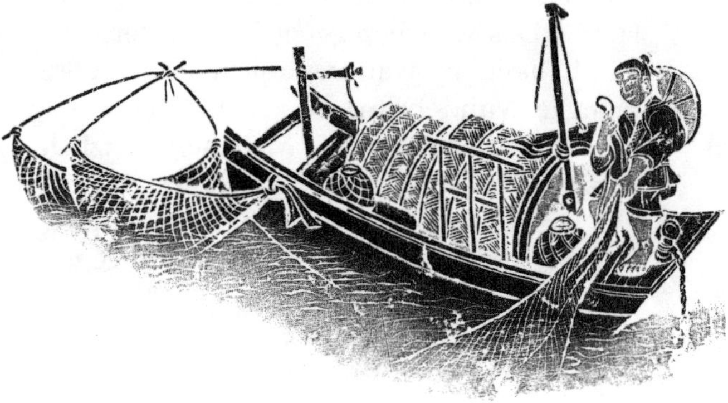

Die Zauberstange

An einem kleinen See im Gebirge weideten einmal Hirten ihre Kühe. An den Hängen um den See fanden sie würzige Gräser und Kräuter, und wenn sie Durst hatten, stiegen sie zum See hinab und tranken das klare und kühle Wasser.

Die Hirten bewachten eine Herde von neunundneunzig Kühen. Eines Mittags aber zählten sie plötzlich hundert Kühe und fanden ein schönes Mädchen mitten in der Herde. Das Mädchen gefiel denn Hirten sehr wohl, denn es war freundlich und wußte manche wundersame Geschichte zu erzählen. Am Abend war das Mädchen plötzlich verschwunden, und die Hirten zählten auch nur wieder neunundneunzig Kühe. So ging es nun jeden Tag. Das Mädchen kam gegen Mittag und verschwand am Abend. Wenn die Sonne hoch am Himmel stand, zählten die Hirten hundert Kühe, und wenn der Sonnenball hinter den Bergen verschwand, trieben sie nur neunundneunzig Kühe nach Hause.

Keiner wußte, woher das Mädchen mittags immer kam, und keiner wußte, wohin es am Abend verschwand.

Die Hirten konnten ihre Neugierde schließlich nicht mehr bezähmen und fragten das Mädchen nach dem Geheimnis, das sie selbst nicht zu lösen vermochten.

Das Mädchen verriet zwar mit keinem Wort, woher es kam und wohin es ging, aber es sagte zu den Hirten: »Am Tag taucht eine Zauberkuh unter der Herde auf. Diese Kuh kann auf dem Wasserspiegel laufen. Wenn sie will, so teilt sich auch das Wasser, und sie geht auf trockenem Boden in dem See. Wenn einer mit dieser Kuh zum große Meere ginge, so bräuchte er keine Angst zu haben, er könnte sicher über die Wellen auf ihr reiten. Der größte Zauber aber, der von ihr ausgeht, liegt in ihren Haaren. Ein einziges ihrer Haare vermag viele tausend Pfunde zu tragen.«

Die Hirten bedrängten das Mädchen, ih-

nen die Zauberkuh zu zeigen. Das Mädchen aber schüttelte nur den Kopf und sagte: »Die Zauberkraft dieser Kuh dient nur ehrlichen und bescheidenen Menschen.«

Eines Tages kletterten die Hirten auf einige Bäume am See, um Früchte zu pflücken. Die Kühe waren nun unbeaufsichtigt und brachen in ein Maisfeld ein. Ein alter Mann, der das Maisfeld bewachte, griff nach seiner Tragestange und verjagte damit eine Kuh nach der anderen. Lange Jahre hatte er mit dieser Tragestange gearbeitet, sie war durch Regen und Sonne an vielen Stellen rissig geworden. Als er nun leicht damit nach den Tieren schlug, blieben auch einige Kuhhaare an der Stange hängen.

Als der Abend dämmerte, lud der Alte wie gewöhnlich zwei Holzbündel auf die Stange, nahm sie auf die Schulter und wollte das Holz nach Hause tragen. Der Alte wunderte sich sehr, denn die Holzbündel waren plötzlich sehr leicht, und so hängte er an jedes Ende der Stange noch ein weiteres Bündel an. Es war ihm aber, als läge überhaupt nichts auf seiner Schulter, und so fügte er ein

Bündel nach dem anderen hinzu und hatte schließlich zwei riesige Holzhaufen an seiner Tragestange hängen. Fröhlich und leichtfüßig trug er die beiden Bündel nach Hause.

Der Alte konnte sich zwar nicht erklären, worin der Zauber bestand, denn er wußte selbst nichts von der Zauberkraft, die in einigen Kuhhaaren steckte. Diese Haare hatten sich in einigen Rissen der Stange festgesetzt und stammten von der Zauberkuh. Der Alte war ein ehrlicher und bescheidener Mann. Täglich schleppte er nun zwei schwere Holzbündel nach Hause, die er aber leicht zu tragen vermochte. Nun konnte er auch Holz in den Wäldern sammeln und zum Verkauf in die Stadt bringen. Damit verdiente er sich sein tägliches Brot und konnte nun zum ersten Mal in seinem Leben auch etwas Geld beiseite legen.

Eines Tages begegnete er auf seinem Weg in die Stadt einem Reichen. Der wunderte sich sehr, als er den Alten zwei riesige Holzbündel leichtfüßig die Straße entlangtragen sah.

»Wie kann ein alter Mann so schwere Lasten tragen?« fragte der Reiche und rieb seine Augen. Schließlich bat er den Greis um Auskunft über die merkwürdige Stange. Der alte Mann wußte nichts zu sagen und meinte achselzuckend: »Meine Tragestange ist eine Zauberstange!«

Der Reiche kam aus dem Staunen gar nicht heraus und bat schließlich, die merkwürdige Stange mit den beiden Holzbündeln auch selbst einmal auf die Schulter legen zu dürfen. Der alte Mann hob sie ihm lachend auf die Schulter. Der Reiche spürte keinerlei Last und konnte schnell und ohne Anstrengung damit die Straße entlanggehen. Das ließ dem Reichen keine Ruhe mehr und er sagte schließlich zu dem Alten: »Verkauf mir Deine Tragestange, ich bezahle Dir fünfhundert Silbertaler dafür.«

Der Alte wollte zuerst nichts von diesem Handel wissen, dann überlegte er sich, daß er mit soviel Geld den Rest seines Lebens gut beschließen könnte. Nach einigem Hin und Her war er schließlich einverstanden und verkaufte die Tragestange für fünfhundert Silbertaler.

Der Reiche zahlte dem Alten das Geld in die Hand, und brachte die Tragestange schnellstens nach Hause. Immer wieder betrachtete er die Stange, prüfte sie, wog sie in seinen Händen, streichelte sie wie etwas ganz Kostbares und merke dabei, daß sie uneben und nicht ganz glatt war. So ging der Reiche zu einem guten Tischler und ließ ihn die Tragestange glatthobeln. Die Risse und Unebenheiten verschwanden, mit den Spänen fielen aber auch die Zauberhaare auf den Boden. Davon aber merkte der Reiche nichts. Zufrieden trug er die geglättete Stange nach Hause.

Wie ihr Mann nun vergnügt wie noch nie zur Tür hereinkam, konnte die Frau des Reichen ihre Neugierde nicht mehr länger bezähmen und fragte ihren Mann nach dem Grunde seiner Freude. Da erzählte ihr der Reiche die ganze Geschichte und berichtete seiner Frau, daß er die Zauberstange für nur fünfhundert Silbertaler erstanden habe. Als die Frau einige Zweifel anmeldete, lud der Mann zwei Bündel von je fünf Pfund auf die Stange, hob sie seiner Frau auf die Schultern und befahl ihr, die Zauberstange gleich selbst zu erproben. Voller Ärger rief da die Frau: »Das soll eine Zauberstange sein! Du träumst ja am hellichten Tage!«

Der Reiche schüttelte nur den Kopf, hängte voller Stolz noch einige Gewichte an die beiden Enden und beugte sich, um die Tragestange nun selbst auf seine Schultern zu heben.

»Nein, was ist denn das?« rief der Reiche erstaunt.

Soviel er auch probierte, soviel er auch die Stange beschwor, soviel er auch fluchte, die Zauberstange hatte ihre wunderbare Kraft für alle Zeit verloren.

Die Schwestern in der Sonne

Vor undenklich langen Zeiten lebte einmal ein göttlicher Prinz in der Sonne, und seine beiden Zwillingsschwestern lebten im Mond. Der junge Prinz war edel und so schön, wie nur ein Gott schön sein kann. Die beiden Zwillingsschwestern aber waren von geradezu atemberaubender Schönheit. Wer zu ihnen aufblickte, konnte seine Augen nicht mehr von ihnen wenden. Die jungen Dichter gar saßen die Nächte über wach und starrten zum Mond. Sie waren so benommen von der Schönheit der Göttinnen, daß sie ermüdet am Tage schliefen und ihre Empfindungen gar nicht in Worte fassen konnten.

Die Zwillingsschwestern waren nicht nur überirdisch schön, sondern sie waren auch überaus kunstfertig mit ihren Nadeln, mit denen sie ihre wunderschönen Kleider bestickten. Diese Stickereien glitzerten und

blinkten dann jede Nacht wie unzählige Sterne.

Der Ruhm des göttlichen Geschwisterpaares wuchs von Tag zu Tag und von Jahr zu Jahr. Waren es zuerst die Dichter gewesen, die zum Mond emporschauten, dann waren es bald die Mädchen und Frauen, die nachts aufstanden und die herrlichen Stickereien der Geschwister bewunderten.

An klaren Abenden und wolkenlosen kühlen Nächten stiegen sogar die Priester auf die Dächer ihrer Tempel und die Gelehrten mit ihren Schülern auf die Firste ihrer Schulen, um das Zwillingspaar anzuschauen. Viele Männer stiegen auf Berge, um die göttlichen Schönheiten recht deutlich sehen zu können.

Die Zwillingsschwestern waren gut und sittsam von der großen Himmelsmutter erzogen worden. Immer wieder hatte sie ihnen eingeschärft, daß ein tugendhaftes Mädchen sich niemals so in der Öffentlichkeit zeige, daß es von allen angestarrt werde.

Die Schwestern waren daher sehr unglücklich, daß Tausende von Menschen jede Nacht zu ihnen von der Erde emporstarrten, und daß einige junge Mädchen sogar wagten, Scherzworte zu ihnen hochzurufen.

»Meine liebe Schwester«, sagte die erste der Zwillinge, »hier können wir auf Dauer auf keinen Fall bleiben!«

»Das stimmt«, sagte die zweite, »aber wo sollen wir bloß hingehen?«

»Ich habe eine Idee«, sagte die erste, »wir könnten ja die Plätze mit unserem Bruder tauschen!«

Die beiden verabredeten sich und zogen am nächsten Tage schon ihre schönsten Kleider an und wanderten unter dem Himmelszelt hinüber zu ihrem Bruder in der Sonne.

Der Prinz war sehr erfreut über den Besuch seiner beiden Schwestern, die ihm dann von ihren Sorgen erzählten und von ihrem Plan, die Plätze zu tauschen.

»Ich will gerne tun, was Ihr beide verlangt«, meinte der Prinz, »aber ich fürchte, wenn Ihr in der Sonne lebt, dann werden am Tage noch mehr Menschen zu Euch emporschauen und Euch anstarren.«

»Das haben wir uns auch überlegt, lieber Bruder«, antworteten die Zwillinge, »aber wir glauben, ein Mittel dagegen gefunden zu haben. Du wirst schon sehen! Gib uns erst einmal die Einwilligung zum Tausch der Plätze!«

Der Bruder stimmte dem Plan der beiden Schwestern zu, denn er war gut erzogen und er hatte seine beiden Schwestern sehr lieb.

Die beiden Mädchen eilten zum Mond zurück, packten ihre herrlichen Stickereien zusammen, ihre Seidenstoffe, all ihr Nähzeug und vor allem die siebzig glitzernden Nadeln zum Sticken. Nach Sonnenuntergang eilten sie dann mit allen ihren Sachen hinüber zum Palast ihres Bruders in der Sonne, glücklich über ihren Tausch.

In dieser Nacht wurden alle Männer enttäuscht, die auf Dächer oder auf Berge gestiegen waren. Die Mädchen aber, die vor dem Schlafengehen noch einen Blick zum Mond geworfen hatten, riefen entzückt aus: »Da ist ja ein junger Mann im Mond zu sehen!«

Bei Sonnenaufgang ging ein Raunen durch alle Dörfer und Städte auf der Erde. »Die göttlichen Geschwister sind in der Sonne zu sehen«, so flüsterte man.

Männer, jung und alt, rannten an die Fenster und in die Gärten, um die beiden Schönheiten nun in der Sonne zu sehen. Die Bauern auf den Feldern hatten es am besten, sie sahen die Zwillinge ohne Unterlaß, wenn sie aufblickten bei ihrer Arbeit. So starrte jeder empor zu den Schönheiten, wie es der göttliche Prinz ja vorhergesehen hatte.

Die beiden Geschwister aber hatten sich dagegen etwas ausgedacht. Jeder, der von der Erde nun hinaufsah zur Sonne, fühlte alsbald einen stechenden Schmerz in den Augen. Einige sagten, dies seien einfach die starken Strahlen der Sonne. Andere aber behaupten bis zum heutigen Tage, dies seien die siebzig Sticknadeln der beiden Göttinnen, mit denen sie all jene Augen leicht berühren, die zu ihnen emporstarren.

Das letzte Wort

An einem Teiche wohnten einmal zwei Reiher und eine Schildkröte, die waren Freunde und gute Nachbarn. Gemeinsam sonnten sie sich auf der Sandbank, schwammen auf dem Teiche und spielten miteinander.

Freundschaft aber ist leicht zu halten, wenn die Zeiten gut und die Pfannen voll sind. Echte Freunde bewähren sich erst in schlechten Tagen.

Auf eine Reihe von Jahren mit reicher Ernte folgt plötzlich dann wieder ein Jahr des Mangels – und es kommt dann meist, wenn niemand es vermutet.

So zog eines Jahres eine große Dürre herauf und ließ die Flüsse und Bäche austrocknen. Von März bis August fiel kein einziger Regentropfen, der Boden dörrte aus und zeigte bald kleine und bald große, breite Risse.

Der Teich, an dem die drei Freunde wohnten, verwandelte sich allmählich in einen sumpfigen Tümpel, denn das Wasser verdunstete in der übergroßen Hitze.

Die zwei Reiher ließen bald die Flügel hängen und seufzten schwer und tief. Die Schildkröte zog den Kopf ein und lag unbeweglich im Sumpf. Vorbei waren die Tage der frohen Spiele, und der Hunger zog ein ins Land. Längst war kein einziger Fisch oder Frosch mehr zu finden, so daß die Reiher oft tagelang wegflogen, um an fernen Teichen wenigstens einen kleinen Bissen zu erhaschen.

Eines Tages blieben sie lange, kamen erst am späten Abend zurück und sprachen dann zu ihrer Freundin: »Schwester Schildkröte, die Dürre will nicht enden, hier können wir nicht mehr bleiben. In den Bergen am Himmelssee ist es noch kühl und schattig, dort gibt es Wasser in Fülle. Der See ist tief, dort gibt es noch viele Fische, wir müssen dorthin umziehen und Dir Lebewohl sagen.«

Die Schildkröte erschrak bei diesen Worten und fing dann jämmerlich zu klagen an:

»Was, Ihr wollt mich verlassen? Eure beste Freundin wollt Ihr hier einfach sitzenlassen? Was soll ich hier alleine anfangen? Ich muß hier ja verhungern! Ja, Ihr beide könnt fliegen und mit Euren hohen Beinen schnell rennen, aber ich – ich komme nur langsam voran! Wenn Ihr losfliegt, so seid Ihr beide morgen abend schon am Himmelssee, unsereins braucht Jahre dazu. Nein, das könnt Ihr mir nicht antun!«

Und die Tränen kullerten ihr bei diesen Worten in dicken Tropfen aus den Augen.

Die Reiher, die ein gutes Herz hatten, mochten wohl ihre Köpfe abwenden, aber sie begannen selbst zu weinen und konnten es nun nicht übers Herz bringen, ihre Freundin zu verlassen.

So verschoben sie erst einmal ihre Abreise in der Hoffnung, es könnte in den nächsten Tagen doch noch regnen. Das Wetter aber blieb, wie es war, glühendheiß und knochentrocken. Der Boden des Teiches dörrte aus, der Sumpf wurde zu rissiger, staubiger Erde. Die Reiher steckten die Köpfe zusammen und erkannten, daß sie schleunigst wegfliegen müßten, solange sie noch bei Kräften waren. So beschlossen sie, am nächsten Morgen unverzüglich aufzubrechen.

Diese Beratungen blieben der Schildkröte nicht verborgen. »Nein, Ihr dürft ohne mich nicht abreisen, Ihr müßt mich mitnehmen!« So weinte sie in einem fort.

Mitnehmen? Das war leichter gesagt als getan. So verfielen sie alle drei in tiefes Nachdenken.

Lange Zeit fiel keinem etwas ein, dann aber rief plötzlich einer der Reiher: »Ich glaube, ich hab's! Schwester Schildkröte, vielleicht können wir Dich mitnehmen!«

Und er flüsterte dem anderen Reiher etwas ins Ohr, was die Schildkröte nicht verstehen konnte. Der andere Reiher nickte erfreut und schien zuzustimmen.

»Was für eine Lösung habt Ihr? Kann ich mitkommen? Sagt schnell, sagt schnell!« So rief da erregt und gespannt die Schildkröte.

»Ja«, sagten da die Reiher bedeutungsvoll, »wir glauben, wir haben die Lösung gefunden. Wir nehmen einen Stock, den halten wir beim Fluge mit unseren Schnäbeln an beiden

Enden – und Du beißt Dich in der Mitte des Stockes fest. So starten wir, und Du fliegst zwischen uns an dem Stock mit uns durch die Lüfte bis zum Himmelssee. Ist das nicht eine feine Sache?«

Wenn die Schildkröte gekonnt hätte, sie wäre vor Freude in die Höhe gesprungen.

»Ja, das geht! Ich komme mit durch die Lüfte! Wir reisen zum Himmelssee!«

Die Schildkröte war ganz närrisch vor Freude. Die Reiher aber schärften ihr ein: »Du darfst aber unterwegs niemals sprechen! Wenn Du nur ein einziges Wort sagst, so wird es Dein letztes sein!«

Die Schildkröte schüttelte den Kopf und meinte, so dumm und leichtsinnig könne gar niemand sein auf der Welt.

Die Reiher kannten aber die Geschwätzigkeit ihrer Freundin sehr gut und gaben noch zu bedenken:

»Wer vom Himmel fällt, dem kann kein Reiher mehr helfen!«

Die Schildkröte beteuerte, sie werde niemals den Mund öffnen und immer fest zubeißen.

Die Reiher suchten einen genügend langen Stock, und alle drei schliefen sie befriedigt ein. Es war die letzte Nacht in ihrer Heimat, von der sie nun Abschied nehmen wollten. Gleich nach Sonnenaufgang rüsteten sie sich zum Abflug. Die Schildkröte biß sich in der Mitte des Stockes fest, die Reiher faßten an den beiden Enden des Stockes mit ihren Schnäbeln kräftig zu und mit wenigen Flügelschlägen hatten sie sich schon in die Lüfte erhoben.

Bald stiegen sie hoch hinan. Unter ihnen verschwand bald der staubige Tümpel, dafür wurden Felder und Wälder sichtbar, Dörfer und Städte, da und dort ein Tempel und bald die Kette der weißen, schneebedeckten Berge weit in der Ferne. Das war ihr Ziel. In diesen Bergen lag der Himmelssee.

Die Bauern unten auf der Erde schauten erstaunt hoch zu den Reihern, zeigten mit den Fingern nach oben und riefen einander zu:

»Da schaut! Eine Schildkröte läßt sich von Reihern durch die Lüfte tragen! Ein so kluges Tier hat noch keiner gesehen!«

Die Schildkröte hörte dies und war sehr geschmeichelt. Vor Freude über dieses Lob biß sie noch fester in den Stock und dachte bei sich:

»Selbst die Menschen erkennen, wie klug ich bin! Haben sie nicht sogar gesagt, ich sei das klügste Tier überhaupt?«

Bei diesem Gedanken wurde ihr ganz wohl und sie fühlte, wie ihr Herz schneller schlug.

Die Reiher hatten dies zwar auch gehört, aber sie machten sich nichts daraus und flogen weiter, immer weiter, den Bergen entgegen.

Da kamen unten auf der Erde einige Knaben in Sicht, die auf einem Hügel Ziegen und Schafe hüteten. Als die Knaben das seltsame Gespann in den Lüften daherziehen sahen, rief einer von ihnen erstaunt aus:

»Seht mal, zwei Reiher halten einen Stock – und daran tragen sie eine Schildkröte durch die Luft. Es gibt doch nichts Klügeres als einen Reiher!«

Ein anderer Knabe rief: »Welch ein schlauer Gedanke, eine Schildkröte auf diese Weise mitzunehmen!«

Die Schildkröte hörte dies und ärgerte sich

maßlos. In ihrem Stolz und in ihrer Eitelkeit hatte sie sich nämlich bereits eingeredet, der Einfall mit dem Stock sei ihr selber gekommen.

In aufkeimendem Jähzorn bäumte sie sich auf und rief den Hirtenknaben von oben zu: »Hört!«

Dies war aber bereits ihr letztes Wort, denn sie hatte ja den Stock losgelassen und fiel wie ein großer schwerer Stein vom Himmel. An einem Felsvorsprung zerschellte sie.

Seither haben Reiher nie mehr Schildkröten durch die Luft getragen, und seither sind die Schildkröten recht nachdenklich und schweigsam geworden.

Ein Krug voller Ameisen

Es war einmal ein armer Mann, der lebte mit seiner Frau in einer kleinen Hütte. Die beiden waren sehr fleißig und so brauchten sie trotz ihrer Armut nicht zu hungern. Oft ging der Mann in die nahen Berge, um Holz zu suchen, Beeren zu pflücken und Heilkräuter aufzuspüren.

Eines Abends ging er sehr früh schlafen, zog die Decke über sich und sagte zu seiner Frau: »Ich will morgen sehr früh aufstehen, denn ich will gleich nach Sonnenaufgang in die Berge gehen.« Und bedeutungsvoll fügte er hinzu: »Höre, Frau, am Fuß des Berges mit den vielen Kiefern steht ein hoher Baum – und unter diesem Baum ist eine Kanne voller Sillber versteckt. Diese Kanne will ich morgen ausgraben, wenn noch niemand um die Wege ist.«

Als er dieses sagte, hatte es eben zu regnen aufgehört, es war ganz still geworden überall, so daß man nur aus der Ferne einen Frosch quaken hörte.

»Und wie findest Du die Stelle, an der Du graben mußt?« fragte erstaunt und neugierig die Frau.

»Dies ist ganz leicht«, sagte der Mann, »man braucht nur den großen Stein dort wegzurollen und an dieser Stelle dann nachzugraben.«

Da der Abend ruhig und alles ringsum ganz still war, hatte der Nachbar in seiner Hütte alles mit angehört. Schnell holte er einen Spaten, schlich sich leise aus seiner Hütte und hastete im Mondenschein den Bergen zu. Nach mehreren Stunden fand er tatsächlich die hohe Kiefer, unter der ein großer Stein lag. Vorsichtig rollte er den Stein beiseite, grub an der Stelle nach und fand alsbald einen bauchigen schweren Krug in der Erde. Erwartungsvoll hob er ihn aus dem Loch, griff hinein und – schrie auf. In diesem Krug befanden sich keine Silberstücke, sondern viele, viele Ameisen, von denen einige ihn sogleich in die Hand gezwickt hatten.

In seinem Ärger und Zorn über die vergebliche Mühe nahm er den Krug auf die Schulter, lief nach Hause und kletterte dort voller Ingrimm auf das Dach seines Nachbarn.

Als er oben auf dem First saß, löste er einige Ziegel vom Dach und spähte hinunter in die Schlafkammer. Ganz deutlich konnte er den Nachbarn unter seinem Moskitonetz liegen sehen.

In seinem Zorn rief er hinunter zu dem Schlafenden: »Die Sache mit dem Krug und dem Silber ist erstunken und erlogen! Hier, Du kannst Ameisen essen!«

Mit diesen Worten nahm er den Krug und leerte den Inhalt durch die Dachluke hinunter zu seinem Nachbarn.

Was war das? Er hörte es klimpern und klimpern, wie wenn unzählige Geldstücke auf den Boden fielen. Der Nachbar wachte bei diesem Schreien und Klimpern auf, rieb sich die Augen, sah die Bescherung und rief: »Frau, komm schnell, ein Wunder, ein wahres Wunder, es regnet Silberstücke!«

Der Mann auf dem Dach wäre vor Staunen fast vom First gefallen, so mußte er sich nun wundern. Schnell drehte er den Krug um und faßte nochmals hinein. Der Krug war leer, nur ein einziges, ganz kleines Silberstück fand er noch auf dem Boden des schweren, bauchigen Kruges. Sollte er gar den ganzen Silberschatz seinem Nachbarn selbst in die Hütte geschüttet haben? Sollte dieses kleine Silberstück sein ganzer Lohn für die Arbeit dieser Nacht gewesen sein?

Da der Morgen zu dämmern begann, deckte er schnell die paar Ziegel wieder über die Luke und stieg hurtig vom Dach, damit niemand bemerkte, welche Arbeit er in dieser Nacht für seinen Nachbarn verrichtet hatte.

Fledermaus, Rabe und Elster

In alten Zeiten lebte die Fledermaus wie alle anderen Vögel im Wald.

Jeden Morgen, gleich nach Sonnenaufgang, flog sie aus ihrem Nest, sang nach Herzenslust und suchte sich ihr Futter.

Diese schöne Zeit aber ging eines Tages zu Ende und das kam durch ihre eigene Schuld.

Eines Tages nämlich stritten sich der Rabe und die Elster um eine Ähre auf dem Feld. Der Rabe wollte sie zuerst gesehen und die Elster wollte sie zuerst gefunden haben. Jeder wollte sie nämlich für sich haben und allein fressen. Keiner von beiden gab nach, und der Streit artete schließlich in eine fürchterliche Schlägerei aus. Dabei flogen sie von Baum zu Baum und kamen vom Wald ganz hinaus auf eine große Wiese. Die Fledermaus saß während dieses Streites ganz nahe dabei auf einem Baum und hatte alles gehört und alles gesehen.

Als die beiden, Rabe und Elster, verschwunden waren und ihr Streit nur noch von ferne vernehmbar war, hüpfte sie von Ast zu Ast immer weiter in der Krone des Baumes nach unten und flog schließlich ganz schnell auf den Boden, packte die Ähre und trug sie davon. An einem geheimen Orte hielt sie Mahlzeit, fraß sich satt und flog dann fröhlich zwitschernd im Wald umher und tat, als ob nichts geschehen sei.

»Wenn Rabe und Elster sich streiten«, dachte die Fledermaus bei sich selbst, »dann ist es für mich am besten.« Sie flog zum Nest des Raben, in dem der arg zugerichtete Vogel nun Zuflucht gesucht hatte. Die Elster hatte ihn grün und blau geschlagen. Die Fledermaus setzte sich zu ihm und sagte in leisem, beruhigendem Tone: »Bruder Rabe, Du bist mir der Liebste von allen hier im Walde. Ich kann es nicht haben, wenn andere Dich beschimpfen. Darum komme ich und will Dir getreulich berichten, was die Elster eben gesagt hat. Sie sagte, Du seiest ein elender schwarzer und häßlicher Dummkopf, der anderen Vögeln Getreideähren stiehlt.«

Der Rabe hörte dies, ergrimmte vor Wut und schimpfte los: »Dieser Tagedieb und Taugenichts! Warte nur, wenn ich die Elster eines Tages erwische, dann wird es ihr aber schlecht ergehen!«

Die Fledermaus tat ganz scheinheilig, empörte sich ebenfalls über die Elster, schimpfte tüchtig mit und flog dann wieder weg. Sie flog schnurstracks zum Nest der Elster, setzte sich auf den Rand und flüsterte ihr ins Ohr: »Schwester Elster, Schwester Elster, Du bist mir die Liebste von allen hier im Walde. Ich kann es nicht haben, wenn andere Dich beschimpfen. Darum komme ich und will Dir getreulich berichten, was der Rabe eben gesagt hat. Er hat gesagt, Du seiest ein Tagedieb und ein Taugenichts und es werde Dir schlecht ergehen, wenn er Dich eines Tages erwische.«

Die Elster geriet außer sich vor Wut und schwor dem Raben Rache. Seither sind Rabe und Elster Feinde. Beide aber hielten sie die Fledermaus für ihre größte Freundin, die sie oft zu sich einluden. Diese Feindschaft blieb den anderen Vögeln im Walde nicht verborgen. Der König der Vögel, der Phönix, erfuhr auch davon. Er setzte es sich in den Kopf, die beiden wieder zu versöhnen und berief eine große Versammlung ein.

Und so kamen sie alle zusammen, die Lerche, der Kuckuck, der Häherling, der Rabe, die Elster und viele, viele andere, auch die Fledermaus kam.

Als die Vögel versammelt waren, befahl der Phönix, Rabe und Elster möchten ihre Streitsache vorbringen, es gehe aber nicht um Bestrafung, im Gegenteil, es gehe hier um Versöhnung.

Der Rabe trat als erster vor und berichtete die Sache mit der Getreideähre. Diese Sache hätte er ja noch einmal auf sich beruhen lassen, sagte der Rabe, wenn ihn die Elster nicht obendrein dann noch als einen elenden schwarzen und häßlichen Dummkopf bezeichnet hätte. Damit sei endgültig das Maß voll.

Die Elster hüpfte bei dieser Aussage schon ungeduldig von einem Bein auf das andere und unterbrach: »Und er hat mich einen Tagedieb und Taugenichts genannt!«

»Habe ich zu Dir selbst so etwas gesagt? Wann, bitte? Wo bitte? Und vor wem, bitte?« schrie der Rabe zurück. »Ich habe dies nur im Zorn gerufen, als man mir Deine Schimpfworte hinterbrachte.«

»Wir brauchen in diesem Streitfall Zeugen«, sagte der Phönix und er bat den Raben und die Elster, je einen Zeugen zu benennen.

»Die Fledermaus ist mein Zeuge!« riefen da beide wie aus einem Munde. Da mußte die Fledermaus vortreten und der Phönix befahl ihr, genau zu berichten, was sie wisse, was sie gehört habe und wer etwas zu ihr gesagt habe.

Die Fledermaus erschrak, begann zu stammeln und konnte kein einziges Wort hervorbringen. Sie wurde rot im Gesicht, wagte weder den Raben noch die Elster anzusehen, ließ den Kopf hängen und flog schnell davon, als die beiden Hitzköpfe, Rabe und Elsteer, sie zu einer Aussage drängten. Nun aber kam der ganze Betrug heraus, als die beiden erzählten, wie die Fledermaus bei jedem Nest vorbeigekommen war und ihre Lügen verbreitet hatte. Und sie schilderten der ganzen Versammlung, wie die Fledermaus bei jedem von ihnen späterhin oftmals zu Gast gewesen war und ihre bösen Verleumdungen wiederholt hatte.

Da bereuten der Rabe und die Elster ihren Streit, versöhnten sich wieder und hielten von da an gute Nachbarschaft. Die Fledermaus aber flog aus dem Walde fort, zog zu den Menschen in die Dörfer und lebt seither unter den Dachtraufen. Da sie sich schämt, flattert sie immer nur in der Nacht umher und fängt in der Dunkelheit ihre Beute. Da von den anderen Vögeln niemand mehr mit ihr etwas zu tun haben wollte, wird sie seither auch nicht mehr als Vogel angesehen. Man sagt, es sei eine Maus, die flattert.

Das Geschenk des Drachenkönigs

Der Drachenkönig des Östlichen Meeres hatte eine Tochter, von der man nicht wußte, ob ihre Schönheit Ihre Klugheit übertraf oder ob ihre Klugheit noch größer war als ihre Schönheit. Da sie bereits achtzehn Jahre alt war, hatte ihr Vater beschlossen, einen Mann für sie zu suchen. Das war leichter gedacht als getan. Kein Vorschlag fand ihre Zustimmung, der König konnte benennen, wen er wollte, alle Prinzen aus nah und fern waren nicht nach ihrem Sinn.

»Mein liebes Kind«, fragte schließlich der König, »was für einen Mann willst Du denn nun eigentlich, wie muß er aussehen und welche Eigenschaften soll er haben, was muß er besitzen und welchen Rang soll er haben?«

»Mein Vater«, meinte da die schöne und kluge Tochter, »ich halte nicht Ausschau nach einem Mann mit Geld und Gut, mit

Reichtümern oder einem Thron, ich will einen Mann haben, der ehrlich ist und tapfer.«

Das war etwas völlig Neues. Das hatte es im Königreich des Östlichen Meeres noch nie gegeben.

Der Drachenkönig aber ließ einen Befehl an alle seine Hofleute, Minister und Offiziere hinausgehen, in dem er alle verpflichtete, einen solchen Mann für seine Tochter zu suchen.

Der Erste Minister, die Schildkröte, empfahl einen Mann seines Vertrauens, aber diesen lehnte die Königstochter sofort ab. Der Hofmarschall, die Krabbe, schlug einen anderen aus ihrem Bekanntenkreis vor, aber auch auf diesen Vorschlag ging die Prinzessin nicht ein. Eines Tages aber kam der Admiral Aal zurück von einer Besuchsreise durch alle Flußbereiche und berichtete dem König, er habe einen Mann mit den gewünschten Eigenschaften gefunden. An diesem Mann nun zeigte die Prinzessin das größte Interesse.

Der Name dieses Mannes war Ah Er, und er lebte an einer Flußschleife am Fuße eines

Berges. Weit und breit war dieser Mann wegen seiner Ehrlichkeit und Tapferkeit geschätzt und beliebt.

Die Eltern von Ah Er waren schon gestorben, er war unverheiratet und lebte mit seinem älteren Bruder in einer kleinen Hütte. Beide waren sie arm, wie damals ihre Eltern arm gewesen waren, aber sie fanden ihr Auskommen als Jäger in den Gebirgswäldern.

Als der Admiral diesen Mann beschrieb, huschte ein neugieriges und wohlwollendes Lächeln über die Züge der Prinzessin. Der König aber runzelte die Stirn und meinte zur Prinzessin gewandt: »Mein Kind – erstens ist die Frage, ob er auch wirklich ehrlich und tapfer ist, und zweitens gehört er nicht zu unserem See- und Wasserreich, und daher ist eine Heirat etwas ganz und gar außergewöhnlich Neues, das alles in unserem bisherigen Leben verändern wird.«

Auf diese Worte ihres Vaters hin legte sich die Prinzessin voller Groll ins Bett und war nicht mehr zu bewegen aufzustehen.

Der König wußte nicht, was er tun sollte und konnte sich gar nicht beruhigen. Schließlich wartete der Oberste Rat, der Hummer, mit einem Plan auf, der dem König über alle Maßen gefiel.

Genau in dieser Nacht träumte Ah Er von einem alten weißhaarigen Mann, der zu ihm kam und ihm sagte: »Ah Er, komm aus dem Haus und gehe zum Ufer des Flusses, dort wartet ein Mädchen auf Dich! Geh hin und frage es, ob es Deine Frau werden möchte.«

Ganz aufgeregt kam Ah Er aus dem Schlafe hoch und erzählte den Traum sogleich seinem älteren Bruder. Ah Da hörte erstaunt zu, Eifersucht beschlich ihn und er sagte zu Ah Er: »Wie kannst Du nur einem solchen Traumbild nachlaufen wollen? Das ist alles Deine eigene Einbildung, die mit Dir durchgeht und Dir solche Träume beschert. Leg Dich ruhig wieder hin und schlafe weiter.«

Ah Er legte sich wieder hin und schlief ein.

Ah Da aber stand sogleich heimlich auf, stahl sich aus dem Haus und eilte zum Fluß.

Als Ah Er schließlich erwachte, war von Ah Da weit und breit nichts zu sehen. Er konnte sich nicht erklären, wo sein Bruder stecken könnte. »Vielleicht ist der Traum aber doch wahr«, dachte er bei sich, zog seine Kleider an und eilte zum Fluß. Dort kam er nur ein klein wenig später als Ah Da am Ufer an. Der Mond zeigte sich voll und silbern glänzend am Himmel, eine leichte Brise strich über den Fluß hin, und es war, als streute der Mond unzählige Silberstücke auf dem Fluß aus, so zauberhaft spiegelte sich das Mondlicht in den Wellen und brach sich tausendfältig in dem leicht gekräuselten Wasser. Glühwürmchen flogen hierhin und dorthin und jedes trug ein kleines Laternchen mit sich. Und genau so, wie der alte Mann im Traume zu Ah Er gesagt hatte, saß ein Mädchen auf einem Stein am Flußufer und ließ sein langes schwarzes Haar ins Wasser hängen.

Beide, Ah Da und Ah Er, waren von der Schönheit dieses Mädchens so verzaubert, daß sie lange Zeit sich nicht zu rühren wagten. Dann aber nahmen sie sich ein Herz, traten hin zu ihm und fragten es, beide zugleich, aber jeder für sich, ob es nicht die Frau von einem der beiden Brüder werden möchte.

Das Mädchen wandte den Kopf, sah beide jungen Männer vom Scheitel bis zur Sohle genau an und sagte dann: »Welchen von Euch beiden soll ich wählen? Da müßt Ihr mir schon selbst sagen, welcher von Euch beiden der ehrlichste und tapferste Mann wirklich ist.«

»Das bin ich!« riefen beide Brüder wie aus einem Munde.

»Nun gut«, sagte das Mädchen, »ich werde einen von Euch beiden zum Manne nehmen. Da Ihr beide ehrlich und tapfer seid, will ich den auswählen, der mir eine leuchtende Perle bringen kann, die auch bei Nacht scheint und ihren Glanz verbreitet.«

»Aber, schönes Fräulein, wo ist bloß eine solche Perle zu finden,« fragten da die beiden Brüder.

»Eine solche Perle findet sich in den Schatzkammern des Drachenkönigs im Östlichen Meere. Wer das Reich des Drachenkönigs erreicht, dem gibt er auch ein schönes Stück aus seiner Schatzkammer als Geschenk. Und da kann ein Besucher auch diese Perle als Geschenk erbitten.

Ich werde jedem von Euch ein Beil geben, mit dem Ihr im Meer leicht das Wasser teilen und einen Weg zum Drachenkönig im Östlichen Meer Euch bahnen könnt.«

Mit diesen Worten händigte sie jedem der beiden Brüder ein kleines Beil aus. Die beiden Brüder verabschiedeten sich schnell und jeder rannte davon, dem Östlichen Meere zu. Wo aber war dies zu finden? Gehört hatten sie schon davon, aber keiner hatte es je gesehen. Wie weit mochte es entfernt sein? Keiner der beiden wußte es.

Ah Da lieh sich ein Pferd und ritt auf ihm im Galopp die große breite Hauptstraße entlang.

Ah Er aber nahm nur eine kleine Strohmatte von zu Hause mit, warf sie sich über die Schulter als Schutz vor Regen, Schnee und Hagel – und schlug einen schmalen Pfad entlang des Flusses ein.

So wanderten sie lange, jeder auf seinem Wege. Beim Morgengrauen brachen sie auf, in der Abenddämmerung machten sie Rast. Eines Tages kam Ah Da zu einem Dorf, das durch eine Überschwemmung ziemlich mitgenommen war. Viele Felder standen unter Wasser und in viele Häuser konnte man mit Booten durch die Tür und in vielen Scheunen durch das Tor hineinpaddeln. Die älteren Leute und die Kinder hatten in den Bergen Zuflucht gesucht, während die jungen Männer in kleinen Booten ihre Habe in Sicherheit zu bringen versuchten.

Das Dorf lag in einem tiefen Tal. Ein Wildbach aus den Bergen hatte nach einem Wolkenbruch diese Überschwemmung verursacht. In wenigen Tagen war der Bach zu einem reißenden Strom angeschwollen und der entstandene Wasserfall brachte dem Dorf das große Unglück.

Nach drei Tagen war das Wasser immer noch nicht zurückgegangen. Die Leute wußten, daß die Erde verderben und die Häuser zusammenfallen mußten, wenn das Wasser nicht bald sinken würde.

»Einer von uns muß zum Drachenkönig gehen und seinen goldenen Schöpfer ausleihen«, sagten die Leute, »damit allein können wir das Wasser aus dem ganzen Tal schöpfen und unsere Häuser und Felder retten.«

Wer aber wagte es, diese schwierige Aufgabe anzupacken? Keiner wollte sich melden. Als sie alle hin und her berieten, kam Ah Da auf seinem Pferd in das Tal geritten. Er hatte inzwischen sein letztes Stück Brot aufgegessen und hielt Ausschau, wo er seine Vorräte wieder auffüllen könnte.

Wie er die Bauern über ihre Lage klagen und beraten hörte, kam ihm ein kluger Gedanke in den Kopf. »Wißt Ihr was?« sagte Ah Da, »Ihr verschafft mir etwas Brot, und ich hole Euch den goldenen Schöpfer vom Drachenkönig im Östlichen Meer, denn ich bin eben unterwegs dahin.«

Diese Nachricht und dieses Angebot versetzte die Bauern in einen wahren Freudentaumel. Sie schleppten alle Brote zusammen, die sie hatten, gaben sie Ah Da mit auf den Weg und brachten ihn in einem Boot auch sicher und trocken über den Fluß.

Zwei Tage später langte auch Ah Er in dem gleichen Dorfe an. Schon lange hatte er kein Brot und keine anderen Vorräte mehr. So lebte er von Beeren, die er pflückte und von wilden Tieren, die er erlegte.

Wie Ah Er nun die jungen Männer die letzte Habe aus ihren Häusern bergen sah, griff er sofort zu, half nach Kräften mit und arbeitete mit ihnen Stunde um Stunde. Und er hörte ebenfalls von ihnen, daß man den goldenen Schöpfer brauche, um das Wasser aus dem Tal schöpfen zu können.

»Zu dem Drachenkönig im Östlichen Meere bin ich gerade unterwegs«, sagte Ah Er, »da kann ich ja für Euch den goldenen Schöpfer entleihen.«

Die Bauern waren nun etwas ratlos. Zwei Tage vorher war doch schon ein Mann da gewesen, der diese Aufgabe für sie übernommen hatte. Und nun war noch ein zweiter Helfer gekommen, der auch auf dem Weg zum Östlichen Meer war. Dem ersten Mann hatten sie sogar alle ihre Brote gegeben, der zweite aber hatte gar den ganzen Tag mit ihnen gearbeitet, er sah ehrlich und vertrauenerweckend aus, und so erzählten die Bauern gar nichts über den ersten, der zu ihnen gekommen war, sie wollten ganz sichergehen und sagten zu dem, der vor ihnen stand: »Junger Mann, wir legen die ganze Sache in

Deine Hände, wir hoffen, daß Du uns nicht vergessen wirst, wenn Du beim Drachenkönig bist.«

»Da könnt Ihr ganz unbesorgt sein«, meinte Ah Er, »wenn ich hinkomme, dann borge ich auch den goldenen Schöpfer für Euch.«

Die Bauern wollten ihn nun über den Fluß rudern, aber Ah Er lehnte höflich ab, nickte zum Abschied ihnen allen nochmals zu, tauchte ins Wasser ein und schwamm davon. Als er an der Flußmündung die Küste des Östlichen Meeres erreichte, saß Ah Da bereits dort und wartete auf ihn.

Unendlich weit dehnte sich das Meer, schrecklich heulte der Wind über die Wogen, die unaufhörlich gegen die Küste brandeten. An den großen Felsenklippen an der Küste spritzte die Gischt hoch, ein Tosen erfüllte den Strand, ein Brausen und Zischen, daß man sein eigenes Wort kaum verstand.

Ah Da hatte große Furcht beschlichen und er wagte sich nicht in die Fluten. Kleinlaut fragte er Ah Er, ob er nicht vorangehen und als erster den Einstieg in die Wellen wagen wollte. Ohne das geringste Zögern tauchte Ah Er in das Wasser ein. In einer Hand hielt er das kleine Beil, das er von dem Mädchen bekommen hatte.

Zu seinem Erstaunen und zu seiner Freude sah Ah Er, wie das Wasser sich teilte, zu beiden Seiten zurückwich und ihm einen breiten Weg hinunter in die Tiefe freigab. Mit geschlossenen, vor Furcht zusammengekniffenen Augen folgte ihm Ah Da auf den Boden des Meeres. Bald kamen sie beim Palast des Drachenkönigs an und standen nun etwas ratlos vor dem großen Tor.

Die Wächter aber kamen und fragten sie nach ihrem Begehr. Als sie sagten, sie kämen zu einem Besuch des Drachenkönigs selbst, wurden sie bereitwillig empfangen und zum König geführt.

Der Herrscher des Meerreiches schien sehr erfreut, sie beide zu sehen, und nahm sie mit in seine Schatzkammer.

»Hier könnt Ihr Euch umsehen«, sagte der Drachenkönig, »sucht Euch ein schönes Stück zum Andenken an diesen Besuch aus! Es gilt allerdings hier unten eine uralte Regel:

jeder kann nur ein Stück aussuchen und mitnehmen!«

Da war nun wirklich die Wahl schwer. In einem weiten Raum mit gewaltigen Gewölben hingen kostbare Geschmeide an den Wänden. Gold- und Silbergefäße standen auf den Tischen, Edelsteine glänzten, Perlen schimmerten, die Farbenpracht war unbeschreiblich.

Ah Da fiel sofort eine große Reihe von Perlen auf, deren blendendes Licht den ganzen Raum erfüllte. Sofort nahm er die größte Perle an sich und versteckte sie sogleich in seinem Säckchen, das er auf dem Rücken trug. Er sah Goldbarren liegen und wollte auch diese haben. Er sah goldene Zepter und hätte auch diese gerne mitgenommen. Das Licht der Perle aber drang aus seinem Säckchen auf dem Rücken. Die Wächter sahen dies und sagten, daß er bereits ein Stück in seinem Gepäck hätte, ein zweites nach altem Brauch nicht mitgenommen werden könne.

Als nun Ah Er in die Schatzkammer kam, bemerkte er sehr wohl die schimmernden Perlen allüberall, aber er nahm keine von ihnen, denn er wollte sein Versprechen halten und den goldenen Schöpfer für die Bauern ausleihen. Die Wächter nickten und händigten ihm den goldenen Schöpfer aus.

Der Drachenkönig lud die beiden Brüder ein, noch einige Tage bei ihm zu verbringen, beide aber lehnten dankend ab. Da ließ es sich der König nicht nehmen, beide bis an die Grenzen seines Königreiches persönlich zu begleiten.

Als sie die Küste erreichten, bestieg Ah Da sofort sein Pferd, knallte mit der Peitsche und galoppierte davon. Bald kam er auch wieder zu dem überfluteten Dorf in dem tiefen Tal. Das Wasser war immer noch nicht zurückgegangen , viel von der Ernte war schon verdorben und viele Häuser waren schon zusammengestürzt. Die Bauern erwarteten ihn bereits am Dorfrand. Als er näher ritt, umringten sie ihn und riefen aufgeregt: »Wo ist der goldene Schöpfer?«

»Der Drachenkönig hat es abgelehnt, mir den Schöpfer zu geben«, log Ah Da, »ich konnte machen, was ich wollte, er gab den goldenen Schöpfer nicht heraus.«

Mit diesen Worten gab er seinem Pferd die Fersen und galoppierte davon. Am nächsten Tag traf Ah Er in dem Dorfe ein. Schon in den Bergen rief er den Leuten zu: »Kommt schnell herunter ins Tal, ich habe den goldenen Schöpfer für Euch ausgeliehen!« Voll Freude stiegen alle von den Bergen herunter.

Mit Ah Ers Hilfe ging es nun ans Wasserschöpfen. Mit dem goldenen Schöpfer war es möglich, das Wasser auf wunderbare und geheimnisvolle Weise verschwinden zu lassen. Mit dem ersten Aushub verschwand bereits das Wasser in den Häusern. Als sie den Schöpfer ein zweites Mal füllten, kamen die überfluteten Felder wieder hervor und mit der dritten Schöpfkelle voller Wasser verschwand die gesamte Überschwemmung aus dem Tal. An der tiefsten Stelle aber kam eine große Auster zum Vorschein, die hier im Wasser gelegen hatte. Die Bauern öffneten sie und hervor kam eine große dunkle Perle. Die Bauern sagten daraufhin zu Ah Er: »Wir möchten so gerne unsere Dankbarkeit beweisen, aber wegen der Überschwemmung haben wir nichts mehr, was wir Dir schenken könnten. So nimm wenigstens diese Perle zum Andenken an uns mit auf Deinen Weg!«

Dies konnte Ah Er nicht ablehnen, dankte den Bauern und verabschiedete sich von ihnen.

Nun hatte er zwar keine blendende Perle aus dem Reiche des Drachenkönigs in seinem Gepäck, aber er hatte das gute Gefühl, anderen Menschen wirklich geholfen zu haben, und darüber war er sehr glücklich. Die dunkle Perle wollte er gerne als Andenken behalten.

Ah Da kam mehrere Tage früher als sein jüngerer Bruder zu Hause an. Er fand das schöne Mädchen sogleich wieder auf dem Stein über dem Wasser am Flußufer und holte lachend die schimmernde Perle vor ihr aus seinem Gepäck.

Mit einer Verbeugung übergab er ihr die Perle und drängte sie dann ungeduldig, ihm das Jawort für die Hochzeit nun zu geben. Das Mädchen aber gab zu bedenken: »Laß uns bis heute abend warten, dann erst werden wir sehen, ob es die richtige Perle ist!«

Mit diesen Worten reichte das schöne

Mädchen die Perle wieder Ah Da zurück, der sich enttäuscht und unsicher erst einmal in seine Hütte zurückzog.

Sehr früh am Abend ging er hinunter zum Fluß und setzte sich an einer Stelle am Wasser nieder, an der ihn das Mädchen nicht sehen konnte. Vorsichtig nahm er die Perle aus seinem Säckchen und wartete darauf, daß sie in der beginnenden Dämmerung ihren Schein verbreiten sollte. Die Perle aber schien ihren Schein vollkommen verloren zu haben. Nicht der kleinste Schimmer ging von ihr mehr aus. Ah Da rieb die Perle in seinen Händen, er putzte sie mit den Ärmeln seines Gewandes, er hielt sie vor sich, er hielt sie dem heraufkommenden Mond entgegen, nichts half, die Perle blieb stumpf und dunkel und gab keinen Schein von sich.

In seiner Verzweiflung und in seinem Zorn warf Ah Da die Perle schließlich auf die Erde und trat in seiner Wut auf sie. Da zerbrach sie. Eine eitrige Flüssigkeit entströmte ihr, übelriechend und stinkend. Da wußte Ah Da, daß er verloren hatte.

Am dritten Tag langte auch Ah Er am

Flußufer an, suchte das Mädchen auf dem Stein am Wasser auf, verbeugte sich vor ihr und sagte: »Entschuldigt vielmals, schönes Fräulein, ich konnte die leuchtende Perle nicht erhalten, die Ihr erbeten habt!«

»Und was hast Du in Deinem kleinen Säckchen auf dem Rücken?« fragte das Mädchen.

»Das ist nur ein kleines Geschenk. Es ist eine ganz gewöhnliche Perle!«

Ah Er nahm die Perle aus dem Säckchen und hielt sie prüfend in seinen Händen. Die Perle war dunkel und gab nicht den geringsten Schein von sich.

»Selbst die Felsen hier am Fluß sind heller und leuchtender als diese Perle da«, sagte Ah Da, der aus Neugierde nun auch herangekommen war.

»Laßt uns bis heute abend warten, dann erst werden wir sehen, welch eine Perle es ist«, sagte das schöne Mädchen.

Ah Er nahm die Perle wieder an sich und versprach, nach Einbruch der Dunkelheit wiederzukommen.

Ah Da war neugierig und mißgünstig zugleich. Hinter Büschen verborgen, konnte er es kaum erwarten, bis die Dunkelheit angebrochen war und Ah Er wieder erschien.

Der jüngere Bruder holte die Perle aus seinem Säckchen hervor und wäre vor Erstaunen fast auf den Rücken gefallen. Die Perle begann zu leuchten wie der aufgehende Mond. Es war ein so starkes Leuchten, daß der Fluß ganz erhellt schien und die Landschaft ringsum in Silberlicht getaucht war.

Das schöne Mädchen nahm die glänzende Perle und hob sie in die Höhe. Blendendes Licht verbreitete sich ringsum.

Ah Er hatte selbst im Palast des Drachenkönigs kein so wunderbares Licht gesehen.

Ah Da dagegen schloß die Augen vor dem durchdringenden Glanz dieser Perle, und als er sie öffnete, sah er vor sich einen goldenen Palast, der sich in dem Silberlicht zu erheben schien. Auf der Spitze des Daches aber, so schien ihm, leuchtete die schimmernde Perle.

Das schöne Mädchen und Ah Er, so sah er genau, schritten die Stufen zu diesem Palast hinan. Beide waren sie in glänzende Gewänder gekleidet, und beide hielten sich an den Händen. Beide waren sie auf dem Wege zu ihrer Hochzeit.

Ah Da, rot vor Eifersucht, eilte ihnen nach, aber die Wachen des Palastes hielten ihn fest und sagten ihm, zu diesem Fest sei er nicht geladen.

牛渚磯圖
絕壁臨巨川連峰勢相向亂石流洑間回波自成浪但
驚群木秀莫測精靈狀更聽猿夜啼憂心醉江上
用馬遙父寫李供奉牛渚磯詩甲戌重午橘叟

Die Bräute im Spiegel

In einer großen Ebene wohnte einmal in einem kleinen Dörfchen eine alte gutherzige Frau, die zwei Söhne hatte. Laoda, der ältere, war stattlich und klug, Lao Örl, der jüngere, war zierlicher, aber auch ein hübscher und aufgeweckter Junge.

Die Mutter war schon betagt und dachte manche Nacht darüber nach, wie schön es wäre, Enkelkinder zu haben. Wenn sie aber zu ihren Söhnen vom Heiraten sprach, so lachten diese nur und konnten gar nicht verstehen, was ihre Mutter eigentlich bewegte. Sie freuten sich ihres Lebens und dachten nicht ans Heiraten. Immer wieder schickte die gute Alte Heiratsvermittler aus, und alle mußten unverrichteterdinge wieder weggehen. Den beiden Söhnen paßte keines der Mädchen, die man ihnen vorschlug. Zum Leidwesen der Mutter kam es nie zum Austausch der roten Verlobungskarten.

Die alte Frau grämte sich sehr. Eines Nachts einmal konnte sie gar keinen Schlaf finden, stand auf und trat vor die Tür.

»Kinder«, sprach sie zu sich selbst dabei, »was seid Ihr bloß wählerisch! Mädchen gibt es so viele wie Sterne am Himmel – und keines paßt Euch! Welches Mädchen ist Euch denn endlich gut genug?«

In sternklaren Nächten erhört manchmal der Himmel selbst die Bitten der Menschen, wenn sie von einem guten Herzen kommen.

So war es auch in dieser Nacht. Die Frau, die voller Staunen in die sternklare Nacht hinausgeschaut und die volle Scheibe des Mondes bewundert hatte, wurde plötzlich auf ein helles Licht im Südwesten aufmerksam, das sich wie eine leuchtende Kugel dort erhob, sanft aus weiter Ferne heranglitt und mitten in ihrem Hofe landete. Die Frau wurde von dem hellen Schein geradezu geblendet und schloß die Augen, aber nur für einen Augenblick.

Aus der Lichtkugel war ein weißbärtiger Greis getreten, der sich auf einen kostbaren geschnitzten Stab stützte. Der Körper des alten Mannes leuchtete und ein weißer Strahlenkranz umgab ihn.

Der Alte aber hatte so ein liebenswürdiges Antlitz und ein stetes Lächeln lag auf seinen Lippen. Mit seinem silbernen, langherabwallenden Bart war er eine Erscheinung voller Hoheit und Würde, gleichzeitig von gewinnender Schlichtheit.

Mit einer klaren, wohlklingenden Stimme hob er nun an: »Ich komme, um Dir zu helfen. Ich will Dir zeigen, wie Deine Söhne gute und schöne Ehefrauen finden können.«

Das alte Mütterlein zuckte bei diesen Worten des Schutzgeistes bedauernd die Schultern und meinte in kummervollem Tone: »Ach, alles ist vergebens, meine Söhne sind so wählerisch, alle Heiratsvermittler haben bisher nichts zuwege gebracht. Ich bedanke mich sehr für Eure Herzensgüte, aber Ihr solltet sie nicht umsonst verschwenden! Bei meinen Söhnen ist alles vergebens. Ich möchte bloß wissen, wie die beiden Bräute aussehen müssen, die das Gefallen meiner Söhne finden.«

Der lichtumflutete Schutzgeist aber lachte

nur bei den Worten des alten Mütterleins und sagte verschmitzt und augenzwinkernd: »Deine beiden Schwiegertöchter wirst Du bald sehen können!«

Der Schutzgeist griff in die Taschen seines Gewandes und holte zwei runde Spiegelchen heraus.

»Wenn Deine beiden Söhne in diese Spiegel blicken, dann werden sie ihre Bräute sehen können. Wollen sie diese ihre Bräute aber wirklich heimholen, so gibt es eine einzige Möglichkeit dazu in jedem Jahr. Am dritten Tag des dritten Monats nämlich, genau um Mitternacht, kann man den Weg erblicken, auf dem die Bräute heimgeholt werden können. Deine Söhne brauchen dann mit diesen Spiegeln nur nach Südwesten zu blicken, und der Weg wird sichtbar.«

Mit diesen Worten überreichte der Schutzgeist der alten, ganz verdutzten Frau die beiden runden Spiegelchen. Und bedeutungsvoll fügte er hinzu: »Die Bilder der beiden Bräute hast Du damit erhalten, heimholen aber müssen Deine Söhne ihre Bräute selbst.«

Der Schutzgeist hatte diese Worte kaum ausgesprochen, als er auch schon in seiner Lichthülle sich vom Boden erhob, hinauf in den Himmel schwebte und nach Südwesten wie eine Sternschnuppe verschwand.

Die alte Frau war ganz benommen und glaubte zuerst an einen Traum. In ihren Händen aber hielt sie die beiden runden Spiegelchen. Da war kein Zweifel möglich. Dies war der Schutzgeist des Südwestens gewesen, der ihr da einen Besuch abgestattet hatte. Sie rannte ins Haus und weckte ihre beiden Söhne aus dem Schlaf. Dann warf sie ein paar große Holzscheite ins Feuer, daß sie beim Scheine der Flammen die Spiegelchen genau betrachten konnten.

Wie Laoda, ihr Ältester, in seinen Spiegel blickte, fuhr er zuerst erstaunt zurück, denn aus dem Spiegel blickte ihm ein wunderschönes, rotgekleidetes Mädchen entgegen, das ihn bezaubernd anlächelte und dann den Kopf senkte. In seinen Händen hielt es eine rote Päonie.

»Mutter«, rief Laoda aus, »Mutter, sie hat mir zugelächelt, sie ist berückend schön! Sie soll meine Frau werden! Gib mir die Erlaubnis, daß ich sie heirate!«

Die Mutter hatte ebenfalls in den Spiegel geschaut und das wundersame Mädchen gesehen. Sprachlos vor Verwunderung gab sie Lao Örl das zweite Spiegelchen. Der jüngere Sohn schaute hinein und erblickte ein unfaßbar schönes Mädchen in grünem Gewand, das ihn aufmunternd ansah und geradezu einzuladen schien. Dann senkte es auch den Blick und man erkannte, daß es eine grüne Päonie in seinen Händen hielt.

»Mutter«, rief da Lao Örl, »Mutter, sie hat mir wirklich zugenickt, sie ist so überirdisch schön, ich muß sie unbedingt zur Frau haben.«

Die Mutter war es nun, die ihre Söhne prüfen wollte und daher sagte: »Jawohl, Ihr habt Spiegelbilder gesehen, Schattenbilder, vielleicht nur Eure eigenen Einbildungen. Das sind Schemen der Nacht, sie vergehen, wenn die Sonne über die Berge kommt.«

Diese Worte aber machten die beiden Brüder erst recht zu Liebhabern der »Spiegelbilder«, und sie drängten ihre Mutter, ihnen ganz genau zu erzählen, wie der Schutzgeist zu ihr gekommen, was er gesagt und was er verheißen hatte. Mit Spannung erwarteten sie den dritten Tag des dritten Monats. Die Mutter hatte sich alles gut überlegt und sagte zu ihren Söhnen:

»Beide kann ich Euch nicht fortlassen. Einer von Euch mag ziehen und seine Braut holen, aber einer muß bei mir bleiben. Wer weiß, wie lange die Brautfahrt dauert und wer weiß, was sich alles auf diesem Wege ereignet. Allein könnt Ihr mich nicht zurücklassen!«

Da beschlossen die beiden Brüder, daß der ältere sich auf den Weg machen, der jüngere aber bei der Mutter bleiben solle.

Als die Mitternacht heranrückte, stellte sich Laoda mitten in den Hof und richtete seinen Spiegel blinkend nach Südwesten. Ein langer, sonnenheller Strahl brach aus dem Spiegel hervor und beleuchtete die Berge im Südwesten, die nun mit ihren Umrissen klar und deutlich sichtbar wurden. Man sah die Felsen und die Klippen, die Abhänge, die steilen Wände, die Paßhöhen und die langgestreckten Täler deutlich vor sich. Und der Lichtstrahl machte nun einen breiten Weg sichtbar, der vom Hause der alten Frau geradewegs ins Gebirge führte.

»Das ist mein Weg, den ich gehen muß«, sprach Laoda und nahm Abschied von Mutter und Bruder. Und frohgemut zog er auf dem breiten Weg dahin, seine rotgekleidete Braut zu holen.

Bereits vor Sonnenaufgang hatte er den Fuß der Berge erreicht und schritt nun auf die erste Vorgebirgskette zu. Unter einem Felsvorsprung gewahrte er bald darauf eine Steingrotte, die strahlend hell erleuchtet war. Umgeben von einem Lichterkranz saß dort ein Greis, den Laoda bald als jenen unsterblichen, altehrwürdigen Schutzgeist aus den Erzählungen seiner Mutter erkannte. Laoda trat näher, verbeugte sich und sagte: »Habt Dank, ehrwürdiger Geist, für Eure Hilfe. Bis hierher bin ich mit Hilfe des Spiegels gekommen. Sagt mir, wohin muß ich jetzt gehen, um meine Braut zu finden?«

Der Schutzgeist sah Laoda freundlich an und zeigte nach Westen:

»In dem Gebirge dort drüben lebt Deine Braut. Um sie zu holen, hast Du mehrere Prüfungen zu bestehen. Zuerst mußt Du den Tigerberg überwinden, dann einen Gebirgssee mit Wasserungeheuern durchqueren und dann einer Hexe das Mädchen entreißen – das sind Deine Aufgaben. Du mußt nämlich wissen, daß eine Hexe das Mädchen gefangenhält. Damit sie ihr nicht entkommt, hat die Hexe Deine Braut in ihrem Garten in eine rote Päonie verwandelt. Es gilt also, unbemerkt in den Garten zu klettern und die Blume mit Deinem Spiegel anzuspiegeln. Auf diese Weise kannst Du die Päonie in das rotgekleidete Mädchen zurückverwandeln, das Du im Spiegel einst gesehen hast.«

Laoda hatte genau zugehört und sich alles der Reihe nach gut gemerkt.

»Das sind wahrlich keine leichten Aufgaben«, sagte der Schutzgeist, »aber Du allein kannst darüber entscheiden, ob Du diese Hindernisse überwinden oder wieder ohne Mühe nach Hause zurückkehren willst.«

Diese Entscheidung fiel Laoda nun wirklich nicht leicht und er sprach schließlich zu dem altehrwürdigen Greis in der Höhle: »Nun bin ich schon einmal hier, einfach umkehren will ich auch nicht. Ich möchte das Wagnis wohl eingehen!«

»Wenn Du Mut hast«, sprach der Greis, »dann ist Dir meine Hilfe sicher. Was Du brauchst, sind lediglich eine Peitsche und eine Garnspindel und Dein Spiegel. Wenn Du diese drei Dinge zu Deinem Schutz gebrauchst, so darf Dich niemals Furcht beschleichen. Zeigst Du Angst und Furcht, so bist Du verloren.«

Der freundliche Schutzgeist holte nun eine Peitsche und eine Garnspindel, erklärte Laoda genau ihren Gebrauch, legte ihm beides in die Hände und zeigte ihm zum Abschied den Weg, der zum Tigerberg hinaufführte.

Laoda nahm sich alles gut zu Herzen und stieg erleichtert und erwartungsvoll den Tigerberg hinan, zu dessen Gipfel man aber erst nach vielen Windungen und Krümmungen gelangen konnte. Bald hörte der Weg auf, und Laoda mußte klettern. Schwarze, unförmige Felsblöcke waren zu überwinden.

Bald lief ihm der Schweiß aus allen Poren. Erschöpft wollte er sich niedersetzen, da stürzten von diesen Blöcken zwei große gestreifte Tiger auf ihn herab.

Mit wenigen Sätzen hatten ihn die Tiger erreicht und zeigten ihm ihre scharfen Zähne. Laoda aber hatte behend die Peitsche ergriffen, schwang sie den Tigern entgegen und rief: »Hört, Ihr Wächter der Berge, ich bin auf der Suche nach meiner Braut, ich bitte Euch, gebt mir den Weg frei!«

Die Tiger sahen die Peitsche und schlossen sofort ihre roten fürchterlichen Rachen, sie hörten die Worte und senkten sofort ihre Köpfe und schlugen sich lautlos in die Büsche am Abhang. Nun konnte Laoda weiter bis zum Gipfel vordringen. Bald hatte er alle Sträucher und Bäume hinter sich gelassen und konnte in der hellen Mittagssonne auch schon den Gipfel erreichen.

Wie er nun hinuntersah vom Gipfel, um zu erkunden, was auf der anderen Seite ihn erwarte, fuhr er leicht zusammen, denn er sah unter sich eine gewaltige Schlucht und unten kein Tal, sondern einen langgestreckten See, dessen blaugrünes Wasser in unendliche Tiefen zu reichen schien.

Laoda kletterte den Abhang hinunter und stand bald am Ufer des unergründlichen Bergsees.

Wie der Schutzgeist in der Grotte ihm befohlen, holte er die Fadenspindel hervor, wickelte ein Ende des Fadens ab, warf es ins Wasser und rief mit lauter Stimme:

»Hört Ihr Ungeheuer des Wassers! Ich bin gekommen, meine Braut zu suchen. Kommt geschwind und baut mir eine Brücke!«

Das blaugrüne Wasser kam in Bewegung, wallte auf und aus dem Wasser schossen gewaltige Fische hervor, die hatten Menschenleiber, und riesige Schildkröten tauchten auf, die hatten Menschenköpfe und waren gar garstig und erschreckend anzusehen. Die Ungeheuer aber haschten nach dem Fadenende von Laodas Spindel, zogen den Faden an das gegenüberliegende Ufer, und der schmale Faden wurde dick und dicker und verwandelte sich schließlich in eine schmale, aber feste Einplankenbrücke. Laoda schwang seine Geißel und betrat die

Planken. Ohne nach rechts und links zu sehen, überquerte er die Brücke bis zur Hälfte. Da wagte er einen Blick hinunter in das blaugrüne Wasser. Mit rotglühenden Augen starrten ihn da die Wasserungeheuer an und es schien, als warteten sie nur darauf, ihn verschlingen zu können.

Laoda fühlte, wie die Angst in ihm hochstieg. Die Furcht, von der schmalen Brücke zu diesen Ungeheuern hinabzustürzen, packte ihn plötzlich und ließ seine Beine zittern. Laoda konnte sich auch gegen das Gefühl des Schwindels nicht mehr erwehren. Da zuckte er mit einem Male zusammen: Die Brücke verwandelte sich unter seinen Füßen wieder in einen Faden, er stürzte hinab und wurde von den Ungeheuern in die Tiefe gezogen.

Ein ganzes Jahr verging. Die Mutter und der jüngere Sohn warteten immer noch auf die Rückkehr Laodas. Was mochte ihm wohl zugestoßen sein? Die Mutter machte sich von Tag zu Tag mehr Sorgen.

Da rückte der dritte Tag des dritten Monats heran. Lao Örl nahm sich ein Herz und sagte zu seiner Mutter: »Ein ganzes Jahr habe ich gewartet, nun laß mich gehen, denn ich möchte meine Braut ebenfalls heimholen!«

»Aber Sohn«, sagte da die Mutter, »Dein älterer Bruder ist doch noch gar nicht zurückgekommen! Da kannst Du doch nicht auch noch weggehen!«

Lao Örl sagte daraufhin zu seiner Mutter: »Ich werde bestimmt wiederkommen und ich werde auf dem Wege sicherlich erfahren, wo mein Bruder geblieben ist. Vielleicht kann ich ihm helfen, vielleicht wartet er schon längst, daß ich komme.«

Diese Worte überzeugten die Mutter und sie gab ihm den zweiten kleinen runden Spiegel. Genau um Mitternacht stellte er sich mit ihm in die südwestliche Richtung – und siehe, ein mächtiger Lichtstrahl beschien einen breiten Weg, der von ihrem Hause bis in die Berge des Südwestens führte.

Lao Örl sagte seiner Mutter Lebewohl und versprach ihr, ganz vorsichtig zu sein und auch dann gleich wieder nach Hause zu kommen, wenn er sein Mädchen nicht finden sollte.

Die Nacht war noch nicht zu Ende und der Tag noch nicht angebrochen, da traf er in der Grotte den altehrwürdigen Greis und hörte zu seinem Entsetzen von dem lichtumflossenen Schutzgeist, daß sein Bruder in die Schlucht der Wasserungeheuer gestürzt sei.

Lao Örl brach in Tränen aus.

»Dies ist in dem Augenblick geschehen, in dem er Furcht und Angst zeigte«, sagte der Schutzgeist.

»Furcht kenne ich nicht«, meinte Lao Örl, »was immer auch geschehen mag, ich werde meine Braut suchen und finden.«

»Dies sind gute Worte«, sagte der Schutzgeist, holte Peitsche und Garnspindel, erklärte Lao Örl ganz genau ihren Gebrauch und zeigte dem furchtlosen jungen Mann den Weg zum Tigerberg.

Mit großer Entschlossenheit trat er den Tigern entgegen und gelangte die Peitsche schwingend über den Gipfel.

Beim Anblick der gewaltigen Schlucht mit dem blaugrünen Wasser holte er seelenruhig seine Spindel hervor, warf das Garnende ins Wasser und rief: »Ihr Ungeheuer des Wassers, hört! Ich bin gekommen, meine Braut zu suchen. Kommt geschwind und baut mir eine Brücke!«

Da wallte das Wasser auf und die fischgeschwänzten Ungeheuer erschienen mit den menschenköpfigen Schildkröten, schossen aus dem Wasser hervor, ergriffen das Garnende und zogen es ans andere Ufer. Eine schmale aber feste Brücke aus Planken entstand, und Lao Örl konnte sie ohne weiteres betreten. Schreie drangen aus dem Wasser zu ihm herauf, mit platschendem Getöse ließen sich die hervorschießenden Ungeheuer wieder in ihr Element zurückfallen – Lao Örl achtete nicht darauf, er schwang abwehrend seine Peitsche nach rechts und nach links und überquerte so trockenen Fußes die unergründliche Wasserschlucht.

Frohgemut überwand er die nächste Bergwand und als er einen weiteren Berg überstiegen hatte, sah er ein stattliches Anwesen zwischen Kiefern und Zypressen liegen. Dies war ohne Zweifel das Ziel seiner Reise. Dieses Haus hatte ihm der freundliche alte Schutzgeist beschrieben.

Lao Örl ging nicht auf das Tor zu, sondern ging gleich zu der hohen Mauer des Blumengartens im Hintergrund des Hauses. Dies hatte ihm der Schutzgeist geraten. Aus der Mauer lugten aus Rissen und Ritzen viele kleine Blüten hervor. Ein betörender Duft hüllte ihn ein. Lao Örl stellte nun die Peitsche an die Wand, klatschte leise in die Hände und verwandelte damit die Geißel in eine Strickleiter, auf der er mühelos an der Mauer hochstieg, in den Garten dann hinunterstieg und die er darauf wieder mit leisem Händeklatschen in eine Peitsche zurückverwandelte. In der Mitte des Gartens leuchteten eine rote und eine grüne Päonie über alle Gräser und Blumen hinweg, verströmten süßen und lieblichen Duft und waren eindeutig die schönsten Blüten des großen Gartens. Da holte Lao Örl den kleinen runden Spiegel aus der Tasche, richtete ihn auf die grüne Päonie und rief mit halblauter Stimme:

»Grüne Schwester!«

Da, mit einem Male wuchs die Päonie in die Höhe, und kaum einen Wimpernschlag dauerte es, da stand ein über die Maßen schönes Mädchen in grünem Seidenkleid vor ihm. Ja, es glich aufs Haar dem Mädchen, das Lao Örl im Spiegel damals gesehen hatte.

»Grüne Schwester«, sagte überglücklich Lao Örl, »ich bin hergekommen, um Dich zu holen. Willst Du mit mir gehen?«

Das Mädchen schaute Lao Örl in tiefer Dankbarkeit an und gab ihm durch ein verschämtes Lächeln und Nicken sein Einverständnis.

»Gerne gehe ich mit Dir von hier fort, aber was wird dann bloß mir ihr, meiner lieben Freundin?« Dabei zeigte es auf die rote Päonie.

»Wie könnte ich Rote Schwester im Stich lassen?«

Und die schönen Züge des Mädchens verdunkelten sich und in seinen Augen glänzten Tränen.

»Wir können sie auf keinen Fall in den Klauen der Hexe zurücklassen!« Und siehe, da erschien auf jedem Blütenblatt der roten Päonie eine leuchtende Tauperle, die wie eine Träne ins Gras rollte.

Dies ging Lao Örl ans Herz. War dies nicht

etwa die Braut seines älteren Bruders? Wenn nur Laoda mit seinem Spiegel hiersein könnte! Aus diesem Gedanken riß ihn Grüne Schwester.

»Die Hexe ist zurückgekommen, wir müssen ins Haus gehen!«

Grüne Schwester und Lao Örl waren kaum im Haus, als sich vor der Tür im Hof auch schon ein schrilles Gekeife und Gezeter erhob. Die Hexe war in den Hof getreten. Lao Örl sah durch den Türspalt und erblickte eine Zauberin, die gar schrecklich anzusehen war, denn ihr Gesicht und ihre Hände waren mit langen Haaren bewachsen.

»Grüne Schwester«, rief die Hexe, »was erlaubst Du Dir? Wer hat Dich geheißen, einen wildfremden Menschen zu empfangen und wer hat Dir erlaubt, selbst wieder Menschengestalt anzunehmen?«

Sie hob mit diesen Worten nur einen kleinen Zipfel ihres Gewandes und fächelte damit. Die Tür sprang auf, denn ein gewaltiger Sturmwind fegte daraufhin durchs Haus, aber er konnte dem Mädchen und dem Jungen nichts mehr anhaben, der Spiegel Lao

Örls besaß mehr Macht. Was immer die Hexe begann, sie konnte das Mädchen nicht mehr in eine Blume zurückverwandeln.

Die Hexe sah, daß sie ohnmächtig war, und verlegte sich daher auf eine List. »Das ist ein wahrlich schmucker Bursche«, sagte sie mit scheinheiligem Lächeln, »er paßt wunderbar zu Dir. Grüne Schwester, ich werde Dich mit ihm verloben, wenn Ihr beide mir noch einen kleinen Gefallen tut.«

Grüne Schwester und Lao Örl waren sehr überrascht und konnten kaum glauben, daß die Hexe ihren Sinn so schnell geändert haben könnte. Mit bittender Stimme fuhr die Hexe fort: »Ich habe gemerkt, bei meinen Pferden und Maultieren, bei den Rindern und Schafen treiben sich seit einigen Tagen Diebe herum. Ganz sicher wollen sie heute nacht zugreifen. Dieser junge kräftige Bursche könnte Wache halten auf den Weiden. Dann wäre ich beruhigt. Dann könnte ich Euch beide mit einem schönen Verlobungsgeschenk morgen verabschieden.«

Die Hexe lächelte noch einmal den beiden zu und verließ dann das Gehöft.

Grüne Schwester wandte sich voller Sorge an Lao Örl: »Von Pferden und Maultieren, von Rindern und Schafen im Besitze der Hexe habe ich noch nie etwas gehört. Tiger und Leoparden dienen ihr, Wölfe und Krokodile! Ich habe Angst um Dich, Lao Örl! Die Hexe will Dir eine Falle stellen und uns beide verderben.«

»Sei ganz unbesorgt, ich habe meine Wunderpeitsche, keine Bestie wird sich an mich heranwagen!«

Dieser Hinweis beruhigte das Mädchen und so gingen sie beide auf den Vorschlag der Hexe ein.

Das Zauberweib geleitete am späten Abend Lao Örl zu einer Bergweide in einer wilden, schluchtenreichen Gegend. »Hier kannst Du am besten Wache halten«, sagte die Hexe, »mein Vieh grast dort hinten in jener Halde. Man kann es von hier aus nicht sehen. Hier aber müssen die Diebe vorbeikommen, wenn sie heute nacht auf Raub ausgehen. Dies ist der beste Platz für einen Wächter!«

Mit diesen Worten verließ die Hexe Lao

Örl. Es war inzwischen finster geworden. Kein Halm regte sich, kein Windhauch war zu spüren, nur einzelne, flackernde Lichter huschten durch die Halde. Diese Lichter waren die Augen von Tigern. Da schienen ihn goldgrün schimmernde Doppellichter anzuleuchten. Dies waren die Augenpaare von Leoparden. Da blitzte es weiß und fahl aus der Dunkelheit. Dies waren die Augen von Wölfen rings um ihn her. Da stierten ihn gierig große, silbern blinkende Glotzaugen an. Dies waren die Augen von Krokodilen.

Alle diese Bestien hatten sich auf das Geheiß der Hexe hin um den Verlobten des Mädchens versammelt, das sich im Hause bereits die größten Vorwürfe machte, Lao Örl nicht zurückgehalten zu haben. Lao Örl hatte inzwischen die Gefahr genau erkannt und zeigte ihnen seine Peitsche, indem er sie in der Dunkelheit einmal tüchtig knallen ließ. Nun wagte keine der Bestien ihm nahe zu kommen. Ja, Lao Örl wagte es sogar, sich auf den Boden zu legen, die Arme hinter dem Kopf zu verschränken, so daß er einschlief und erst am Morgen nach Sonnenaufgang

wieder erwachte. Die Hexe traute ihren Augen nicht, als sie Lao Örl wohlbehalten zurückkommen sah. Nun verlegte sie sich auf eine andere List und begann zu jammern:

»Ach, Ihr könnt nicht einfach weggehen! Ohne Dich, Grüne Schwester, kann ich nicht mehr leben. Du kannst und darfst mich nicht verlassen! Wenn Ihr fortgehen wollt, dann dürft Ihr das nicht ohne mich tun, dann müßt Ihr mich mitnehmen!«

Grüne Schwester erkannte sofort, daß die Hexe wiederum Böses im Schilde führte und sie beide nun verderben wollte. Klugheit ist es oft, schnell auf eine List einzugehen, wenn man sie erkannt hat und sie damit unschädlich machen kann.

So sagte Grüne Schwester nun sogleich: »Wir nähmen Dich ja gerne mit, aber Du wirst sehr schnell müde werden, denn junge Leute schreiten schnell voran. In Deinem Alter wirst Du nur mit großer Mühe Schritt halten können. Vielleicht aber könntest Du eine kleinere Gestalt annehmen, daß wir Dich leicht tragen können. Hier ist eine Kupferflasche, die könnte ich gut auf dem Rükken tragen. Wenn Du da hineinschlüpfen könntest, dann hättest Du es ganz bequem. Da kannst Du sitzen oder liegen, wie Du willst, ja, da kannst Du sogar auf unserer Wanderung schlafen. Bequemer kannst Du es gar nicht haben!«

Die Hexe, die mit ihren Gedanken schon dabei war, auf dem Weg den beiden eine unentrinnbare Falle zu legen, nickte sofort zustimmend, wurde klein und kleiner, wurde kleiner als eine Maus und schlüpfte in die Kupferflasche.

Auf diesen Augenblick hatte Grüne Schwester gewartet. Schnell hielt sie die Flaschenöffnung zu, holte aus der Schublade einen Pfropfen und schloß die Hexe in die Kupferflasche ein. Unentrinnbar war sie nun gefangen.

Geschwind verließen Grüne Schwester und Lao Örl das Hexenhaus und eilten der Schlucht mit dem Bergsee zu. Dort warfen sie die Flasche in hohem Bogen zu den Ungeheuern der Tiefe in die blaugrünen Wasser.

»Lao Örl«, sagte Grüne Schwester »nun sind wir beide frei, aber Rote Schwester ist noch immer in die Päonie verwandelt und hat immer noch ihre Blumengestalt im Garten des Hexenhauses. Nein, ich kann sie nicht allein dort zurücklassen!« Und sie weinte. Und sie weinte so sehr, daß die Kiefern in der Nähe mitweinten und große Tropfen von den Zweigen herabregneten. Lao Örl seufzte schwer, als er in die unergründliche Tiefe starrte und an das traurige Los seines Bruders dachte.

Was war das? Über dem Spiegel des tiefgrünen Wassers erschien mit einem Male ein Licht und die Dünste und Nebel schwanden. In lichtem Strahlenglanz erschien der altehrwürdige Schutzgeist über den Fluten, erhob seinen Stab und rief mit lauter Stimme:

»Ihr Ungeheuer der Tiefe, hört! Immer noch haltet Ihr den jungen Mann in Eurer Gewalt, der Furcht vor Euch zeigte und Euch daher verfiel. Hört, Ihr Ungeheuer der blaugrünen Fluten, bringt mir diesen Menschen lebend ans Land.«

Das Wasser wogte auf und schon zeigten sich die fischgeschwänzten Ungeheuer und die Schildkröten mit den Menschenköpfen.

Nochmals wogte das Wasser auf und Laoda wurde von ihnen aus dem Wasser gehoben und unversehrt und wohlbehalten an Land gesetzt.

Der wohlmeinende Schutzgeist selbst half ihm empor, Laoda schüttelte sich das Wasser ab und sprang auf die Beine. Da sah er seinen Bruder Lao Örl mit einem wunderschönen Mädchen in grünseidenem Gewande am Ufer stehen. Laoda glaubte zu träumen. Als er aber sah, daß dies alles kein Trugbild war, breitete er die Arme aus und die beiden Brüder umarmten sich in einem Freudentaumel, den kein Mensch zu beschreiben vermag.

Der Schutzgeist lächelte den dreien zu, erhob sich in seinem Lichterkranz und schwebte über den See davon, seiner Grotte entgegen. Wie war die Freude groß, als Laoda auch noch seinen kleinen runden Spiegel aus der Tasche zog.

»Jetzt können wir Rote Schwester erlösen«, rief Grüne Schwester jubelnd aus und eilte mit den beiden Brüdern sogleich zurück zum Haus und Garten der Hexe. Dort richtete Laoda sogleich seinen Spiegel auf die rote Päonie, so daß ein heller Strahl die große schöne Blume traf. Gleichzeitig rief er: »Rote Schwester!«

Da wuchs die Päonie in die Höhe und wurde zu einem Mädchen, das wunderschön war in seinem roten Seidengewand und das Laoda dankbar anlächelte. Nun waren sie zwei liebende Paare, glücklich vereint.

Singend und jauchzend machten sie sich auf den Heimweg. Und als gleich vier junge Leute vor dem Hause der alten guten Mutter standen, da nahm die Freude kein Ende.

Nun wurde Hochzeit gefeiert. Und bald, so meinte die alte Frau, könne die Freude ihres Alters nichts mehr übertreffen, denn nun waren die Schwiegertöchter da und die Enkelkinder würden bald die Stube mit ihren hellen Kinderstimmen und ihrem Lachen erfüllen.

Die Frau in der Flasche

Dschang San war in seine Frau sehr verliebt. Kam er von der Arbeit nach Hause, so war es seine größte Lust, ihr schönes Gesicht anzusehen und mit ihr zu scherzen. Bei der Arbeit aber dachte er stets daran, ob seine Frau zu Hause auch wohlbehütet sei und ob nicht ein anderer Mann sie einmal sehen und ihm gar abspenstig machen könnte.

Der Gedanke an diese Möglichkeit ergriff Dschang San so stark, daß er seinen Beruf aufgab und von seinen Ersparnissen lebte. Nun konnte er jeden Tag zu jeder Stunde bei seiner geliebten Frau sein. Das Geld aber wurde weniger im Hause Dschang, und so verkaufte er zuletzt auch die Einrichtung der Wohnung und verpfändete den Schmuck und die Kleider seiner Frau.

Als es allmählich in allen Töpfen auch in der Küche zur Neige ging, überredete die

Frau ihren verliebten San, sich wieder eine Arbeit zu suchen.

Dschang San brach auf, um in einem benachbarten Dorf um Arbeit anzuklopfen. Da begegnete ihm unterwegs ein freundlicher Herr, der ihn nach dem Wege ins nächste Dorf fragte. Dschang San sagte, er gehe auch dorthin, der Herr könne sich ihm anschließen.

So kamen die beiden ins Gespräch, und Dschang San erzählte freimütig von seiner Sorge um seine schöne Frau. Da sagte der wohlmeinende Fremde: »Und warum steckst Du Deine Frau nicht einfach in die Tasche, wenn Du zur Arbeit gehst?«

Dschang San dachte, der freundliche Herr mache einen gutgemeinten Scherz, aber dieser zog zum Erstaunen Dschang Sans eine längliche, hohe und schmale Flasche aus seinem Gewand und gab sie ihm mit folgenden Worten: »Bevor Du das Haus verläßt, brauchst Du nur in diese Flasche zu blasen und Deine Frau dabei anzusehen, dann wird Deine Frau kleiner und kleiner und verschwindet schließlich in der Flasche. Sie

selbst merkt nichts davon. Du kannst sie immer mit Dir tragen und am Abend wieder aus der Flasche hervorholen. Dazu brauchst Du nur wieder in die Flasche zu blasen. Deine Frau glaubt dann, sie habe geschlafen und empfängt Dich freudig zu Hause. Du aber hast sie den ganzen Tag mit Dir herumgetragen und brauchst in keiner Stunde Sorge um sie zu haben.«

Wie Dschang San die braune Tonflasche näher betrachtete, war der Fremde verschwunden.

»Scherz oder Ernst?« dachte Dschang San und nahm die Flasche mit.

Als am nächsten Morgen seine Frau vor dem Spiegel stand, nahm Dschang San schnell die Flasche zur Hand, blies hinein und schaute dabei seine Frau fest an, die ihm gerade ihr Gesicht im Spiegel zeigte. Da! Dschang San mußte sich an der Tischkante festhalten, seine Frau wurde kleiner und kleiner, schwebte durch die Luft und verschwand in der Flasche. Der Fremde hatte ihm also eine echte Zauberflasche übergeben. Hocherfreut nahm Dschang San die Flasche nun jeden Tag mit zur Arbeit und holte jeden Abend seine Frau wieder aus der Flasche. Er brauchte nur hineinzuhauchen, so tauchte sie auf, wurde größer und größer, saß plötzlich am Spiegel und rieb sich die Augen wie nach einem langen tiefen Schlaf.

Dschang San war ein mitteilsamer Mensch und so vertraute er das Geheimnis eines Abends seiner Frau selbst an. Diese aber glaubte, Dschang San mache einen Scherz, da sie fest glaubte, geschlafen zu haben.

Eines Tages aber mußte er seine Frau zu Hause lassen, denn wie sollte sie die Wäsche waschen, wenn er sie in die Flasche verbannte und mit zur Arbeit nahm.

So ließ Dschang San auch die Flasche in jenen Kleidern zu Hause, in deren Taschen er sie stets zu verwahren pflegte. Diese Kleider hatten einen tüchtigen Ausputz nötig und so nahm die Frau auch die Kleider ihres Mannes mit zum Wäscheplatz an den Fluß. Dort entdeckte sie die braune Tonflasche in den Kleidertaschen. Mit Neugierde musterte sie das Gefäß, blies hinein und sah gleichzeitig jenseits des Flusses einen hübschen jungen

Mann, der zu ihr herübersah. Zu ihrem Leidwesen verschwand der junge Mann aber gleich wieder hinter den Büschen. Die Flasche stellte sie neben den Wäschekorb und steckte sie nach der Wäsche wieder in die Kleidertaschen ihres Mannes. Dabei war ihr völlig entgangen, daß sie den jungen Mann in die Flasche gezaubert hatte. Als sie meinte, er sei hinter den Büschen verschwunden, schrumpfte der Jüngling in Wirklichkeit zusammen und verschwand blitzschnell in der Flasche, während sie noch zu den Büschen jenseits des Flusses hinübersah.

Am anderen Morgen nahm Dschang San wie immer seine Frau wieder in der Flasche mit zur Arbeit. Den ganzen Tag freute er sich schon auf den Abend, wenn er seine Frau wieder aus der Flasche entlassen und dann mit ihr scherzen konnte. Sorge, so meinte er, brauche er nun nie mehr zu haben, denn wer könnte seine Frau mehr behüten als er selbst. Zu Hause angekommen, blies er sogleich in die Flasche. Vor Staunen setzte er sich im nächsten Augenblick schon auf den Hintern, denn nach der Frau entstieg ein hübscher junger Mann der Flasche, der sich die Augen rieb, ungläubig verbeugte und unter vielen Entschuldigungen schnell das Haus verließ.

Dschang San war wie vor den Kopf geschlagen und er wiederholte bei sich immer wieder das alte Sprichwort: »Schwer ist es, eine schöne Frau allein zu haben«.